KB115144

세상을 향한 22인의 따뜻한 울림

잠시만요,

세상을 향한
22인의 따뜻한 울림

잠시만요,

초판 1쇄 인쇄 2023년 2월 1일
초판 1쇄 발행 2023년 2월 10일

지은이 이성규
펴낸이 이종두
펴낸곳 ㈜새로운 제안

기획·편집 장아름, 이경은
디자인 이지선
영업 문성빈, 김남권, 조용훈
경영지원 이정민, 김효선

주소 경기도 부천시 조마루로385번길 122 삼보테크노타워 2002호
홈페이지 www.jean.co.kr
쇼핑몰 www.baek2.kr(백두도서쇼핑몰)
SNS 인스타그램(@newjeanbook), 페이스북(@srwjean)
이메일 newjeanbook@naver.com
전화 032) 719-8041 　 **팩스** 　 032) 719-8042
등록 2005년 12월 22일 제2020-000041호
ISBN 978-89-5533-639-9(03810)

세상을 향한 22인의 따뜻한 울림

잠시만요,

이성규 지음

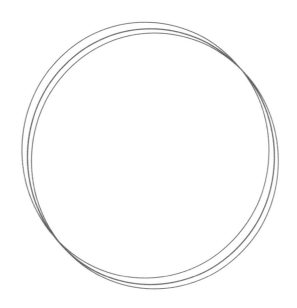

"따뜻한 이야기가 전하는 치유와 힐링, 나눈 만큼 세상은 밝아진다."

새로운제안

　　'나누다'의 사전적 정의는 무엇일까? "하나를 둘 이상으로 가르다", 크기가 정해져 있지 않은 무언가를 둘 이상의 수로 나누는 것. 누군가는 나누면 나눌수록 본래의 것이 줄어든다고 생각할 수 있다. 하지만 나누면 나눌수록 본래의 그것은 줄어들지 몰라도 배가돼 돌아오는 것이 있다. 바로 선행이다. 선행은 나누면 나눌수록, 베풀면 베풀수록 우리에게 더욱 큰 마음의 선물이 되어 돌아오기 마련이다.

　우리 주변에는 이미 많은 사람들이 이웃들에게 나눔을 이어가고 있다. 아직 행동으로 옮기지 못했지만 언젠가는 꼭 선행을 베풀겠다는 마음부터 물질이든 재능이든 자신의 능력 안에서 선행을 베풀고 있는 사람들이 있다. 나눔, 어렵거나 꼭 거창해야 하는 것이 아니다. 주변의 이웃들을 따뜻한 시선으로 바라보는 마음도 나눔의 시작이 될 수 있다.

　나는 2020년부터 시작해 매주 일요일 오후 8시 20분부터 9시까지 YTN 라디오에서 「이성규의 행복한 쉼표, "잠시만요"」의 DJ를 맡고 있다. 바쁜 현대인들에게 잠시나마 어려운 주위를 돌아볼 수 있는 따뜻한 시간을 마련하고 싶어 시작한 일이다. 본 책은 라디오 프로그램에서 내가 인터뷰했던 분들의 이야기를 담았다. 이 글에 모신 스물두 분에 대하여 대담 내용을 간추리고 약간의 평가를 담았는데, 저자가 그러한 자격과 능력이 있는지에 대한 의문은 아직도 있다. 그러면서 각각의 이야기 속에 그것을 관통하는 하나의 키워드까지 첨가해봤다. 읽으면서 가볍게 넘어가기를 기대해본다.

사실 그동안 대학교수로 살아온 인생을 돌아보면 누구에게 덕담을 하기보다 비판과 지적을 많이 했다. 전체적으로 글을 정리하면서 그간의 '덕담 결핍증'을 조금이나마 해소한 것 같기도 하다.

세상을 유지하기 위해 법령이나 규율체계가 있듯이 우리 몸에서 장기가 꼬이지 않게 하는 장간막처럼 보이지 않는 '세상의 장간막' 같은 존재도 있다. 저마다의 자리에서 우리 사회에 따뜻한 울림을 전하고 있는 분들의 이야기를 통해 더불어 살아가는 사회의 중요성을 느끼는 기회가 되길 바란다.

나눈 만큼 세상은 밝아진다. 그들의 따뜻한 나눔 이야기에 잠시만 귀를 기울여보겠는가?

2023년 봄
이 성 규 드림

행복한 세상을 꿈꾸는 사람들

몰입으로 변화를 만들어가는 사람들

01

나눔이 일상인
쌍둥이 엄마

"더불어 도우면서 살아가는 게

우리 삶에서 가장 중요한 요소 아닐까요?"

이영애(배우)

나눔 DNA

"순간의 선택이 10년을 좌우합니다." 1980년대 한 TV 광고에서 사용된 이 문구는 오랜 시간 사람들에게 회자되며 많은 이들의 뇌리 속에 남았다. 저 말이 왠지 모르게 위안이 되는 건 비단 나뿐일까? 미래는 태초부터 정해진 게 아닌 선택에 의해 달라질 수 있다는 게 어쩐지 꽤 위로가 된다. 예전에 주역 관련 서적을 읽었는데, 거기서도 비슷한 문구를 본 적이 있다. 적선, 기도와 명상, 독서, 명당, 지명, 자기 팔자를 앎으로써 인간 스스로 운명을 바꿀 수 있다는 것이다. 스스로 자기 운명에 개입하려는 적극적인 사람이 운명을 바꿀 힘을 가지게 된다는 말이 인상적이었다. 그중에서도 특히 '적선'에 관해 깊은 생각을 했다. 복지계에 몸담고 각종 나눔 활동을 이어가다 보니 대가를 바라지 않는 순수한 베풂이야말로 진정한 적선이 아닐까 싶었기 때문이다. 그리고 이 진정한 적선을 꾸준히 실천하는 사람이 있는데, 대한민국 사람이라면 누구나 아는 최고의 배우 이영애 씨다.

❖

나는 30여 년 전 충북 제천의 한 보육원에 봉사 활동을 하러 간 적이 있다. 그때 구석진 곳 어딘가에서 묵묵히 일하는 한 여인을 봤다. 화장기 없는 맨얼굴에 수수한 옷차림으로 구슬땀을 흘리며 아이들을 돌보고 있는 그녀는 이영애 씨였다. 그

간 TV로 접한 도회적인 이미지와는 정반대 모습으로 열과 성의를 다해 봉사 활동에 전념하는 그녀를 보고 깜짝 놀랐던 기억이 있다. 더 놀라운 건 그녀의 지속적인 나눔 행보였다. 30년 넘게 배우로서 최정상의 자리를 지킬 수 있는 이유는 이런 지속적인 선행을 이어가며 스스로 복과 운을 쌓아온 덕분이 아닐까? 특유의 나눔 DNA를 장착한 이영애 씨의 나눔 이야기를 직접 들어봤다.

늘 진화하는 배우 이영애

지금까지 30년 넘게 꾸준히 배우로 활동하는 이영애 씨는 본인의 노력으로 그녀의 가치를 증명했다. 처음에는 CF 모델로 눈에 띄는 활약을 보여줬다면 이후로는 배우로서 다양한 색깔의 필모그래피를 차곡차곡 쌓았다. 「공동경비구역 JSA」의 카리스마 넘치는 장교, 「봄날은 간다」의 농익은 여인 은수, 국내 시청률 50퍼센트에 육박할 정도로 큰 인기를 끌었던 「대장금」의 어의녀 장금이, 「친절한 금자씨」의 복수를 향한 처연함이 돋보이는 금자 역할까지 어느 것 하나 비슷한 느낌의 배역이 없다. 단순히 얼굴만 예쁜 배우가 아니라는 것을 탁월한 연기력으로 입증해낸 것이다. 그녀와 이런저런 대화를 나누다 보니 불현듯 「봄날은 간다」의 명대사 "라면 먹고 갈래요?"가 생각났다. 그 대사가 이렇게까지 오래도록 회자될 줄 알았냐고 물어봤다.

"그러게요. 그게 2001년도 작품이거든요. 말씀드리기도 민망할 정도로 오래됐어요. 제가 31살 때 나왔던 거예요. 지금까지 이렇게 두고두고 기억해줄 줄은 전혀 예상하지 못했어요. 제가 듣기로는 한국 영화 명대사 순위권 안에 들 정도라고 하더라고요. 감사할 따름입니다."

내가 가르치는 학생들이 종종 이런 말을 한다. 어렸을 적 「봄날은 간다」를 봤을 때는 이영애 씨가 맡은 역할인 은수의 감정을 온전히 이해하지 못했는데, 나이가 드니 이해가 간다나 뭐라나. 어떻게 사랑이 변하냐고 묻는 상우에게 단호히 헤어지자고 말하던 은수는 또 다른 우리들의 자화상일지도 모른다. 나이를 먹어감에 따라 그만큼 포기해야 할 게 점점 늘어가는 것이 우리의 현실이기 때문이다. 아마도 깊은 상처가 있는 은수 입장에서는 맹목적으로 사랑을 갈구하는 순수한 상우를 온전히 받아들이기 힘들었을지도 모른다.

"지금도 가끔 영화관에서 「봄날은 간다」 특별전을 열어 관객들에게 선보이더라고요. 관람평도 꾸준히 올라오고요. 벌써 20년도 더 된 작품인데, 아직도 20대 친구들이 보는 걸 보면 공감하는 부분이 크기 때문이라고 생각해요. 두 번, 세 번, 네 번 볼 때마다 저 또한 공감 포인트가 달랐거든요. 지금 보는 사람들도 그렇게 말하는 걸 보니 좋은 작품은 세월을 떠나서 다 같이 공유할 수 있다는 생각이 들어요."

특히 2003년부터 2004년까지 방영된 드라마 「대장금」은 국내를 비롯한 동아시아 일부 국가에서 큰 인기를 끌면서 대장금 신드롬과 이영애 신드롬을 불러일으켰다. 덕분에 '한국의 문화사절단 대표' 하면 아마도 이영애 씨를 가장 먼저 손꼽는 사람이 많을 것이다.

"「대장금」을 통해 한국 문화에 대해 큰 자부심을 느꼈고 더 널리 알려야겠다고 생각했어요. 이렇게 전 세계적으로 많은 사랑을 받은 드라마는 많지 않잖아요? 해외에 가보면 「대장금」으로 인해 한국 문화를 알고 싶어 하는 사람들이 많았고 배우를 떠나 한국 사람으로서 한국을 많이 알려야겠다는 생각을 더 하게 됐죠. 그래서 될 수 있으면 공식 행사에서도 한복의 아름다움을 널리 알리고자 노력했어요. 또 이런 기회를 더 많이 생각해내는 계기를 만들어준 작품이기도 해요."

요즘 TV를 보면 세상이 참 많이 변했다는 걸 실감한다. 여성 배우가 원톱 주연으로 나오는 영화와 드라마가 예전보다 부쩍 늘어난 것이다. 돌아보면 그 변화의 선두에는 항상 이영애 씨가 있었다. 그녀가 작품을 고를 때 특별히 염두에 두는 사항이 있다면 무엇일지 궁금했다.

"배우마다 다를 것 같은데요. 일단 결혼 전에는 작품 자체, 그리고 제가 배우로 도전할 수 있는 게 영순위였어요. 결혼하고 나서는 그 기준이 조금 바뀌었죠. 아이들이 보기에 너무 잔인하다 싶으면 지양하는 편이에요. 되도록 사회에 순기능을 조금이라도 할 수 있는, 교육 방송이나 교육 영화가 아니라도 순기능을 하는 메시지를 담은 작품이 있으면 어떨까 하는 생각을 해요."

평소에는 선한 얼굴에 평온한 말투의 그녀이지만 연기에 관한 이야기를 할 때만큼은 태도가 180도 바뀌는 걸 느낄 수 있다. 「친절한 금자씨」를 연출한 박찬욱 감독 또한 나와 비슷한 감정을 느꼈던 것 같다. 박찬욱 감독이 배우로서 욕심과 전투력을 강하게 내비치는 이영애 씨 모습에 상당히 놀랐다는 후문을 밝힌 적 있는데, 그녀는 그 말에 대해 덤덤하게 자기 생각을 밝혔다.

"글쎄요. 제가 어떤 모습을 보였는지 자세히 기억은 안 나지만 누구나 자기 일에 몰입하면 다른 것에 대해서는 생각을 안 할 때가 있잖아요. 오래전 일이긴 하지만 더듬어보면 그래서 그런 말이 나온

게 아닐까 하는 생각이 드네요."

생각해보면 연기라는 것은 에너지 소모가 꽤 큰 힘든 일일 것이다. 내면세계의 스트레스를 억누르는 동시에 관객에게 자기를 태워서 보여주는 느낌이 들기 때문이다. 스트레스를 그때그때 잘 관리하는 것이 중요할 텐데, 평소 이영애 씨는 스트레스를 어떻게 관리할까?

"저는 자연과 가까이 있는 게 좋더라고요. 20대 때는 친구를 만나서 놀고 그랬는데, 아이들이 태어나면서부터 자연 속에서 보고 느낄 기회가 늘어나더라고요. 실제로 디톡스 효과도 크다는 게 느껴졌어요. 주변 사람들에게도 자연을 벗 삼아 사는 일상을 강력하게 추천하는 편입니다."

세상을 바라보는 눈이 바뀌다

결혼 이후 나의 인생에 남편과 아버지라는 새로운 역할이 추가되면서 책임감이 더욱 무거워지는 걸 실감했다. 더불어 세상을 바라보는 눈이 한층 더 확장되는 것이 가장 큰 변화였는데, 이영애 씨 또한 마찬가지였다고 한다.

"아무래도 결혼이 큰 전환점이었죠. 어려운 이웃이나 사각지대의 아이들을 보면 모든 엄마가 마찬가지일 거예요. 다 내 아이 같고 짠하고 그런 마음이 생기더라고요."

2009년에 결혼한 이영애 씨는 슬하에 이란성 쌍둥이 남매 승권, 승빈이를 두고 있다. 2011년에 태어난 아이들이 벌써 초등학교 고학년이 됐다는데, 팬데믹 시대를 지나오며 어떤 일상을 보냈을지 궁금했다.

"저뿐만 아니라 모든 부모님들의 고충이 크죠. 빨리 코로나가 물러나 정상으로 돌아갔으면 좋겠어요. 근데 한편으로는 '이렇게 오래 아이들과 지내는 시간이 얼마나 있을까?' 하는 생각을 하면 또 아이들이 너무 예쁘고 더 많이 사랑해줘야겠다는 생각이 들더라고요."

식단 관리를 하면서 영양제도 꼬박꼬박 챙겨 먹는 나를 보고 자기 관리에 철저하다고 혀를 내두르는 사람들이 많다. 때로는 그렇게 오래 살고 싶냐고 우스갯소리를 던지는 사람도 있는데, 내가 건강에 신경을 쓰기 시작한 이유는 우리 딸 때문이다. 의사인 딸이 직업상 아픈 사람들을 수시로 돌보면서 생각이 많아졌던 것 같다. 와인을 좋아해 끼니마다 챙겨 마시는 나를 보던 딸이 걱정스러운 얼굴로 건강에 신경 쓰면 좋겠다고 했다. 평소라면 그냥 흘려들었을 텐데, 그날만큼은 유독 딸의 진지한 말과 표정이 오래도록 지워지지 않았다. 그리고 문득 이런 생각이 들었다. '사랑하는 사람들을 걱정시키지 않고 오래도록 함께하고 싶다.' 이런 생각으로 술을 조금씩 줄이기 시작했고 식단 관리를 하면서 영양제까지 잘 챙겨 먹다 보니 나에게 긍정적인 변화가 일어나기 시작했다. 몸이 가벼워지고 안색도 변하면서 생기 있는 삶이 선물처럼 다가온 것이다. 희한한 게 이영애 씨와 대화를 나누다 보니 그녀 역시 건강한 일상을 지향하면서 비슷한 변화가 생겼다고 했다.

"먹는 걸 좋아하니 음식 만드는 걸 더 열심히 하게 되더라고요. 특히 가족이 생기니까 가족의 영양을 생각해서 노력을 많이 했이요. 한동안 문호리에 살았는데, 텃밭을 따로 가꿔서 자급자족해서 먹기도 했어요. 그때 음식이 가장 중요하다는 걸 알았죠. 자급자족하는 게 건강을 유지하는 가장 큰 비결이더라고요. 서울에 살 때는 아이들에게 아토피가 조금 있었는데, 거기 살 때부터 많이 좋아지기 시작했어요. 저 또한 피부가 많이 건강해졌고요. 자연과 가까이 자연스럽게 사는 게 건강을 유지하는 큰 비결이 아닐까 싶어요."

'대한민국을 대표하는 한류 스타 이영애'라는 타이틀이 두 아이에게는 어떤 의미일까? 아이들은 엄마가 어떤 사람이라는 걸 알고 있냐는 질문에 이런 대답이 돌아왔다.

"이제는 조금 알 나이가 됐어요. 다는 몰라도 같이 나누고 그런다는 것은 좋은 거구나, 이렇게 인지하는 것 같아요."

두 아이가 엄마 이영애를 스포트라이트를 한몸에 받는 배우가 아니라 나눔으로 세상과 소통하는 사회의 한 일원으로 인식하고 있다는 것이 남다르게 다가왔다. 30여 년 전 보육원 봉사 활동을 통해 맺은 그녀와의 인연은 한국장애인재단을 통해 더 깊게 이어졌다. 2015년 4월 한국장애인재단의 제3대 이사장으로 취임한 나는 그로부터 두 달 후 재단에서 이영애 씨와 다시 만났다. 재단의 문화·예술 분야 자문위원장으로 위촉된 이영애 씨는 자문위원장으로서 봉사 활동을 하며 장애인들에 대한 부정적인 인식 개선과 사회 통합을 위해 노력했다. 그녀가 장애인 복지 쪽에 관심을 기울이게 된 계기는 무엇일까?

"오랫동안 생각은 해왔는데, 그걸 실천하는 게 쉽지 않더라고요.

앞서 말씀드린 것처럼 결혼이 터닝포인트가 된 것 같아요. 가족의 영향을 많이 받으면서 생각의 폭이 넓게 변했죠. 적극적으로 실천할 수 있는 계기가 됐어요."

장애인 복지뿐만 아니라 위안부 피해자 할머니들과 미혼모, 그리고 소외 계층에게도 두루 관심이 많은 그녀는 코로나19 때문에 우리 국민뿐만 아니라 전 세계가 다 힘들 때 유명인 중에서 가장 먼저 도움의 손길을 내밀었다. 첫 테이프를 끊은 것에 대해 대단하다고 말을 건네자 쑥스러워하며 말했다.

"처음이나 그런 거는 크게 의미가 없는 것 같고요. 그냥 안 좋은 일이 있고 마음 아픈 일이 있을 때 서로 도우면 좋겠다 싶었어요. 남편과 뉴스를 보면서 그런 이야기를 많이 하다 보니 자연스럽게 이어진 것 같아요. 그 이후도 그렇고 이전에도 그렇고 좋은 사람들이 많이 기부했죠. 저를 굳이 내세우기는 좀 그렇고요. 「대장금」으로 전 세계인의 사랑을 많이 받은 덕분에 감사함을 보답할 수 있는 길이 조금 더 많아진 것 같아요. 그래야겠다는 생각도 많이 했고요."

나눔이 곧 일상처럼 느껴지는 그녀에게 나누며 살아가는 것에 대한 의미와 그녀만의 인생철학을 물었다.

"글쎄요. 철학까지 말하기에는 조금 거창하고요. 제가 많은 사랑을 받았잖아요. 대학 졸업 후 24살부터 연기를 시작해 지금까지 많은 사람들의 사랑이 있었기에 여기까지 올 수 있었고, 가정도 이룰 수 있었고, 그렇기 때문에 더불어 사는 게 가장 중요하다고 생각했어요. 제가 장애인에 관심을 가졌던 이유는 소외 계층도 특별한 사람이 아니라 우리 옆에 있는 이웃이라는 생각으로 관심을 가진다면 크든 작든 어떤 식으로든 도움이 되지 않을까 싶어서였어요. 그런 생각으로 해온 것뿐이지 거창한 의미는 없습니다."

꾸준한 선행을 이어가는 이영애 씨의 모습을 보면 탈무드의 말이 떠오른다. "남을 행복하게 하는 것은 향수를 뿌리는 것과 같다. 뿌릴 때 자기에게도 몇 방울 정도는 묻기 때문이다." 꽃보다 더 깊은 아름다움을 내뿜는 이영애 씨의 아우라는 아마 그 선한 마음에서 우러나오는 것이 아닐까 싶다. 대단한 대의나 정의 같은 명분이 없어도 충분하다. 그저 각자의 자리에서 조금이나마 더 나은 사회를 만들겠다는 생각으로 작은 발걸음을 떼어보면 어떨까? 시작이 반이라는 말은 진리다. 그 작은 시작이 우리 사회를 바꾸고 더불어 우리의 미래 또한 아름답게 바꿀 거라고 확신한다.

02

장애인과 비장애인이
공존하는 세상을 꿈꾸며

"음악을 통해 감동을 나누다 보면

더 좋은 세상이 다가올 거라 믿고 있어요."

노재헌(뷰티플마인드 상임이사)

　　　　　　　　"You are the reason I am. You are all my reasons." 당신은 내가 존재하는 이유며, 내 모든 존재 이유예요.

　　정신분열증을 가지고 있는 천재 수학자의 인생을 그린 영화 「뷰티풀 마인드」의 명대사다. 많은 이들에게 깊은 울림을 준 작품 「뷰티풀 마인드」처럼 세상에 선한 영향력을 행사하는 또 하나의 '뷰티플마인드'가 우리나라에 존재한다.

　　뷰티플마인드는 2006년부터 음악인들의 재능 기부와 기업의 사회참여 등 나눔 문화를 이끌며 전 세계 소외된 이웃들에게 위로와 사랑을 전하고 있는 단체다. 한국장애인재단과 뷰티플마인드는 음악 분야 장애 아동 청소년 교육 지원에 관한 업무 협약을 맺고 나눔 활동을 이어오고 있다. 한창 그 활동이 무르익던 어느 날 재단 사무실에서 만난 노재헌 상임이사를 본 나는 그의 큰 키와 다부진 체격에 깜짝 놀랐다. 노태우 전 대통령이 걸어오는 줄 알았달까? 그날의 반가운 만남 이후 뷰티플마인드 오케스트라 공연을 관람하러 갔다가 그의 인간적인 면모를 한 번 더 확인할 수 있었다. 장애 아동 청소년들을 진두지휘하는 모습을 보고 군인 출신 대통령의 아들이라는 강인한 인상보다는 이웃집 아저씨처럼 푸근하다는 느낌이 더 강하게 들었다. 인터뷰 때문에 또다시 만나서 깊게 이야기를 나눠보니 내가 느낀 그 따스한 인상이 틀리지 않았음을 실감했다.

우리가 희망을 가슴에 품고 살아갈 수 있는 이유는 어두운 곳을 환하게 비춰주는 등불 같은 존재가 있기 때문이다. 전 세계의 소외된 이웃들에게 사랑과 나눔을 실천하는 문화 외교 자선단체인 뷰티플마인드가 바로 그런 등불 같은 곳이다. 처음 뷰티플마인드라는 이름을 들었을 때 명작 영화가 떠올랐는데, 노재헌 씨의 말을 들어보니 역시나 그런 말을 많이 들었다고 했다.

"사실 초반에는 많은 사람들이 영화 「뷰티풀 마인드」와 많이 헷갈려 했어요. 이제는 자리를 잡아서 저희도 나름대로 브랜드를 갖고 있죠. 외교통상부에 2007년 등록된 단체로서 장애인과 소외 계층을 위한 전문 음악 교육과 공연을 통해 봉사 활동을 하며 전 세계에 나눔을 실천하고 있습니다. 현재는 김성환 전 외교통상부 장관이 이사장으로 계시고요. 또 많은 음악인이 기부하고 이사들이 후원에 참여하고 있습니다."

노태우 전 대통령의 아들이자 법조인으로서 꽤 바쁜 날들을 보내고 대외적으로도 신경 써야 할 부분이 많을 텐데, 소외 계층의 문화 복지에 깊은 관심을 기울이게 된 계기가 무엇일지 궁금했다.

"뷰티플마인드는 2006년경 홍콩에서부터 시작됐습니다. 그때 해외에 있는 많은 음악인과 교포들을 중심으로 음악을 통해 지역사회에 봉사하고 한국의 이미지도 높이자는 생각을 갖고 시작했죠. 그리고 2007년 정식으로 한국에 사단법인을 설립했습니다. 이후에는 싱가폴, 베트남에도 설립해 활동하고 있죠."

해외에서 시작된 나눔의 불씨는 국내에 들어오며 폭발적으로 타올랐다. 2008년부터 장애인과 소외 계층의 음악 교육 '뮤직아카데미'가 설립된 것이다. 한국장애인재단과 인연을 맺기 시작한 것이 바로 이 뮤직아카데미를 통해서였다.

"장애인과 비장애인이 함께 어우러져 음악 교육과 봉사 활동, 음악 공연 등을 국내외로 쭉 펼치게 됐죠. 이 과정을 지켜보고 참여하면서 깨달은 점이 참 많아요. 저희가 자선의 대상으로 여겼던 장애인이나 소외 계층이 본인들의 음악 활동을 통해 세상을 더욱 따뜻하게 비추고 있더군요. 도리어 큰 사랑과 감동을 전하는 과정들을 지켜보면서 저 스스로 반성도 많이 했어요. 그런 분들을 대하는 제 인식이 얼마나 부족했었는지 깨달았죠. 소외 계층은 흔히 말하는 동정이나 수혜의 대상이 아니라 단지 조금 불편하고 약간의 도움이 필요한 음악인일 뿐이라는 것을 알게 됐습니다."

노재헌 씨가 말한 그 깨달음은 나에게도 찾아왔었다. 초창기 복지 분야에 몸을 담기 시작했을 때만 해도 어려운 이들에게 더 나은 삶을 선물하겠다는 목표가 있었다. 그러나 서로 사랑을 주고받는 일련의 과정들 속에서 나눔은 결코 일방적으로 시혜를 베푸는 활동이 아니라 쌍방의 사랑이라는 걸 깨달았다.

노블레스 오블리주를 떠올리다

노블레스 오블리주

노재헌 씨와 대화를 나누다 보니 '노블레스 오블리주Noblesse Oblige'라는 말이 생각났다. 노블레스 오블리주는 '귀족은 의무를 진다'라는 뜻으로, 프랑스의 작가 겸 정치가 레비 공작 피에르 가스통 마르크Pierre Marc Gaston de Lévis가 『격율과 교훈Maximes et réflexions sur différents sujets』이라는 책에서 처음 사용했던 것이 시초다. '명예노블레스'만큼 '의무오블리주'를 다한다는 의미를 담고 있는 말로서 사회적 지위에 상응하는 도덕적 의무를 다하는 사람들을 보고 진정한 노블레스 오블리주를 몸소 실천한다고 말한다. 우리 사회의 지도층으로서 소외 계층의 문화 복지에 힘쓰는 노재헌 씨의 모습이야말로 진정한 노블레스 오블리주의 표본이 아닐까? 뷰티플마인드를 통해 구체적으로 어떤 식의 나눔 활동을 펼치고 있는지 궁금했다.

✦

"크게 보면 3가지 일을 하고 있습니다. 국내나 해외의 장애, 비장애인 음악인들이 함께하는 뷰티플콘서트를 하고 있고 또 하나는 전문 음악 교육을 하는 뮤직아카데미 활동을 하고 있어요. 그리고 저희 이사들과 선생님들, 후원자들이 함께 참여하는 봉사 활동, 이렇게 3가지를 하고 있습니다. 특히 장애인 및 저소득층 아동과 청소년이 참여하는 음악 교육 지원 프로그램인 뷰티플마인드 뮤직아카데미는 2008년부터 시작했고요. 2009년부터는 충무아트센터와 협약해 공동으로 사업을 진행하고 있습니다."

이런 선한 영향력을 행사하는 단체는 꼭 재능 기부의 일환으로 참여하는 전문가들이 있기 마련이다. 뷰티플마인드에서도 약 40여 명의 선생님이 함께하고 있다고 했다.

"매년 오디션을 통해 25명에서 30명 정도의 학생들이 선발되는데요. 1년 동안 매주 한 번씩 40회 공식적으로 레슨을 합니다. 근데 횟수를 뛰어넘어 본인 자식들한테도 저렇게 할 수 있을까 싶을 정도로 선생님들이 사랑과 헌신, 정성을 쏟아주세요. 음악 교육이 아닌 아이를 키운다는 생각으로 교육해주셔서 정말 감사합니다."

사랑은 베풀면 베풀수록 불어나 오히려 더 큰 사랑이 된다. 나눔을 한 번도 안 한 사람은 있어도 한 번만 하고 끝내는 사람은 없다는 말도 있지 않은가. 노재헌 씨는 재능 기부를 하는 선생님들을 통해 그 말을 더욱 크게 실감했다.

"선생님들이 그런 말씀을 많이 하세요. 우리가 주는 것보다 받는 게 더 많다고요. 특히 오래된 분들이 많이 있는데, 배일환 교수를 비롯해 유혜영 피아니스트와 박소영 바이올리니스트, 이런 분들이에요. 그 외에도 정말 많은 분들이 하면 할수록 본인들이 좋아서 더 열심히 하게 된다는 말을 많이 합니다."

뷰티플마인드의 선한 영향력

뷰티플마인드의 장점은 누구에게나 기회가 열려 있다는 점이다. 피아노, 관현악, 타악, 국악, 성악, 작곡 등의 전문적인 음악 교육을 지향하기 때문에 음악에 관심 있는 이들이라면 한 번쯤 문을 두드려 봐도 좋을 것 같다.

"사실 선생님들은 계신데, 학생들이 없어서 가르치지 못하는 분야도 가끔 있어요. 예를 들면 성악이 그랬고요. 관악도 학생들이 더 많이 왔으면 좋겠다고 생각해요. 1년에 두 번, 6월과 12월에 오디션을 합니다. 뷰티플마인드 홈페이지뿐만 아니라 여러 곳에 공고가 나니 많이 참여하면 좋겠습니다."

궁극적인 뷰티플마인드 뮤직아카데미 설립의 진짜 목표는 어려움을 겪는 이들을 도우려는 게 아니라 전문적인 예술인을 길러내고자 하는 것이다.

"저희는 장애와 경제적인 어려움을 가진 소외 계층이 본인이 가진 어려움 때문에 전문 음악인의 꿈을 꾸지 못하는 현실을 극복하도록 도와주고 싶었어요. 사회적으로 차별과 편견을 극복하고 당당한 음악인으로 살아갈 수 있도록 지원하고 있죠. 그런 과정을 거치면서 자긍심, 자존심, 자존감, 이런 것들을 회복하고 당당히 설 수 있도록 도와주고 또 프로그램도 만들고 있습니다."

뷰티플마인드의 초대로 뮤직아카데미 학생들의 공연을 직접 관람한 적이 있는데, 꽤 인상적이었다. 나눔 활동의 일환으로 모인 학생들의 연주라는 생각은 공연 시작과 동시에 말끔히 사라졌다. 유명 오케스트라 단원들의 연주라고 해도 손색이 없을 정도의 실력이었다. 그리고 그 이면에는 관계자들의 열띤 노고가 숨어있었다.

"아카데미 선생님들은 레슨뿐만 아니라 무대에서의 공연, 콩쿠르, 전문적인 입시 지도 등 모든 것을 일반 음악인들과 동일하게, 아니면 더 신경 써서 지도해주십니다. 근데 일반 음악인들은 정형화된 틀에 갇힌 경우가 많거든요. 반면 우리 아이들은 본인만의 스토리를 가지고 있기 때문에 음악을 통해 예술적 가치가 폭넓게 발휘되곤 합니다. 저희만의 장점이 분명히 있다고 생각합니다."

모든 활동에는 의미 있는 나름의 추억이 있기 마련이다. 노재헌 씨에게 있어서 뷰티플마인드의 활동 가운데 가장 기억에 남는 게 무엇인지 물어봤다. 그는 첫 공연이 가장 기억에 남는다고 했다.

"그때만 해도 우리 아이들은 소리 내기가 힘들어 시늉만 하는 수준이었어요. 그렇게 시작한 공연이 연습에 연습을 거듭해 2, 3년 만에 거의 독자적인 공연으로 완성됐습니다. 기쁘기도 했지만 그 공연을 끝내고 만족과 보람을 느끼는 아이들의 모습과 박수를 받으면서 행복해하는 모습, 또 그걸 바라보는 부모님들의 찡한 모습이 무척 감동적이었습니다."

2020년에는 지금까지 쌓은 노력의 결실을 제대로 확인할 기회도 있었다. 'GMFGreat Music Festival'라는 이름의 전국 최대 규모 발달 장애 음악 경연대회에서 대상을 받은 것이다. 지난 10여 년 동안 열심히 노력해온 아이들과 선생님들의 헌신, 부모님들의 도움이 비로소 좋은 결과로 돌아온 것이다. 너무나도 기쁜 나머지 다들 부둥켜안고 펑펑 울었다고 했다. 그런데 모든 일에는 일장일단이 있기 마련이다. 좋은 점이 있으면 그 일면에는 아쉬운 점도 분명히 있을 것 같아서 질문을 던져봤다.

"저희가 나름대로 전문 음악 교육을 해서 좋은 음대에 진학한 후 힘들게 졸업을 해도 일자리가 없습니다. 아시다시피 우리 사회에는 장애인 일자리가 턱없이 부족합니다. 장애 예술인의 일자리는 그보다 훨씬 더 부족한 게 현실이고요. 일반 음악인도 음악 활동하기 어려운 상황에서 장애인 음악인으로서 살아가는 게 힘든 현실이에요. 어떨 때는 아이들에게 전문 음악 교육을 지원해주는 것이 정말 잘하는 일일까 하는 자괴감이 들기도 했죠. 하지만 아이들과 음악을 어떤 절대적인 기준으로 봐서는 안 된다는 것을 깨달았어요. 아이들이 지닌 무한한 가능성을 표현할 수 있게끔 도와줘야 하는 것이죠. 결국 예술은 감동을 전달하는 거니까요. 지속적으로 아이들의 음악 활동을 지원하는 것이 저희 사명이 아닌가 생각합니다."

매년 국정감사 때마다 꾸준히 제기되는 문제 중 하나가 바로 장애인 채용이 저조하다는 점이다. 지난 2017년 정부에서 제5차 기본계획을 발표하면서 장애인 고용률은 36.5퍼센트에서 38퍼센트로, 의무 고용 이행률은 46.8퍼센트에서 60퍼센트로, 평균임금 격차(전체 인구 대비 장애인 근로자 임금 수준 차이)는 73.6퍼센트에서 77퍼센트로 올리겠다는 목표를 내걸은 바 있다. 하지만 2021년도 지표를 보면 장애인 고용률은 34.6퍼센트, 의무 고용 이행률은 44.1퍼센트, 평균임금 격차 완화는 69.3퍼센트로 2017년보다 악화된 것으로 나타났다. 이런 지표만 보더라도 장애 예술인들이 설 자리 역시 열악할 수밖에 없는 것이 자명한 현실이다. 그럼에도 불구하고 꾸준히 아이들을 지원하는 일을 멈추지 않겠다고 말하는 노재헌 씨의 포부가 참으로 아름답게 느껴졌다. 그리고 다행인 건 이제 조금씩 숨통이 트이는 중이라고 했다.

"지금까지는 그 부분에 대해 신경을 쓰지 못하다가 전문 연주자들을 기업에 취업하도록 연계하는 프로그램을 몇몇 기업과 함께 만들었어요. '뷰티플앙상블 취업프로그램'이라는 건데요. 졸업한 아이들이 전문 연주인으로 취업하고 안정적인 환경에서 음악 활동을 할 수 있도록 만들어주고 있습니다."

노재헌 씨는 뷰티플마인드 활동을 시작했을 때만 해도 그냥 좋은 일 한번 해보자는 막연한 생각이었다고 한다. 대통령의 아들로 태어난 것을 '빚'으로 생각했었나? 때로는 아이들을 동정의 대상으로 생각한 적도 있었지만 조금씩 활동을 하다 보니 모두가 긍정적으로 변해가는 것을 느낄 수 있었다.

"지금처럼 꾸준히 장애인과 비장애인이 자유롭게 한데 섞여 음악을 하고, 또 음악을 통해 행복과 사랑, 감동을 나누다 보면 더 좋은 세상이 다가올 거라고 믿습니다."

종종 뉴스에서 병역, 상속 등과 관련된 비리로 문제를 일으키는 사회 지도층의 모습을 본다. 이런 모습을 보면 병역에 솔선수범하며 세계 최초의 사회 복지관인 '토인비홀Toynbee Hall'에서 꾸준히 봉사하며 사회 지도층으로서의 책무를 다하는 영국의 왕족과 귀족들의 모습이 판타지처럼 느껴질 정도다. 토인비홀은 '세틀먼트Settlement(복지 시설이 낙후된 일정 지역에 종교 단체나 공공 단체가 들어와 보건, 위생, 의료, 교육 따위의 다양한 활동을 통해 주민들의 복지 향상을 돕는 사회사업)'의 일환으로 1884년 런던 이스트 엔드 지역에서 사무엘 바넷Samuel Barnett 목사에 의해 설립됐다. 산업사회 안에서 발생하는 슬럼 문제에 관심을 두고 이를 해결하려는 의식 있는 사람들의 활동이었다. 빈곤을 사회문제의 산물로 인식하고 빈민 지역에 함께 거주하며 교육 시설, 문화 프로그램 등 다양한 서비스를 직접 개발하고 제공하는 역할을 했다. 빈민의 나태함을 비난하는 것이 아니라 눈높이를 맞추고 함께 발맞춰 나아감으로써 공생하는 길을 선택한 것이다. 그렇게 더불어 함께하면서 노동 착취 문제, 주택 문제, 공공 위생 등과 관련된 제도적 개혁을 추구하며 집단사회사업으로 이끌었고 종국에는 지역사회복지로 나아갈 수 있는 발판이 됐다. 바로 그 사회복지의 성지라고도 불리는 토인비홀을 영국의 수상을 비롯해 상당수의 정치인이 경험했다는 글을 읽은 적이 있다. 우리나라의 정치 문화도 지금보다 훨씬 더 폭넓고 유연하게 바뀌어야 하지 않을까? 복지 정책이 사회적으로 큰 관심과 토론의 대상이 되고 있지만 그에 반해 발걸음은 더딘 것이 사실이다. 하지만 노블레스 오블리주를 몸소 실천하는 노재헌 씨를 만나고 보니 판타지처럼 느껴졌던 아름다운 세상이 머지않아 곧 다가올지도 모른다는 생각에 한편으로는 마음이 놓였다. 각자의 자리에서 다 함께 한 걸음씩 나눔의 발걸음을 뗀다면 더 빨리 아름다운 세상을 마주할 수 있을 것이다.

03

항상 극한에 도전하는 모습이
아름다운 산악인

"제가 받은 것을 꼭 베풀고 나누면서

또 봉사하며 살겠습니다."

엄홍길(산악인)

"산에서 가장 먼저 배워야 할 것은 자신을 낮추는 일이다. 내가 산에 오르는 것이 아니라 산이 나를 받아주는 것이다."

엄홍길 씨가 산을 바라보는 태도를 보면 인생을 대하는 자세에 대해 생각하게 된다. 많은 사람들에게 깊은 울림을 준 산악인 엄홍길, 그와 특별한 인연이 시작된 건 지금으로부터 15년 전쯤이었다. 내가 '서울복지재단'의 대표를 맡고 있던 시절 홍보 대사로 어떤 사람이 좋을까 고민한 적이 있다. 홍보 대사는 말 그대로 재단의 이름을 적극적으로 홍보할 수 있는 사람이어야 하므로 연예인 위주로 모시기 마련이다. 하지만 문득 오래전에 봤던 다큐멘터리의 한 장면이 떠올랐다. 자기만의 뚜렷한 주관을 갖고 한계를 뛰어넘는 강인한 모습을 보여준 엄홍길 씨야말로 홍보 대사에 적임자가 아닐까 싶었다. 다행히 그는 재단의 제안에 흔쾌히 응했고 내가 대표 임기를 마무리하는 그날까지 열심히 함께 뛰어줬다.

메리토크라시

이후 간간이 매체를 통해 그의 지속적인 나눔 행보를 확인할 수 있었는데, '내가 사람을 참 잘 봤구나' 하는 생각이 들었다. 그는 2010년부터 지금까지 어려운 형편의 네팔 어린이들에게 교육 지원의 일환으로 휴먼스쿨을 지속해서 건립하고 있다. 그의 지원 덕분에 교육 혜택을 받지 못하고 소외됐던 수많은 어린이들이 성공 사다리에 오를 수 있는 기반을 마련했다. 그의 따뜻한 나눔 이야기를 접하니 '능력주의' 또는 '능력주의 사회'를 뜻하는 '메리토크라시'라는 말이 떠올랐다. 능력이 있으면 있을수록 더 좋은 대우를 받으며 더 많은 보상을 받아야 한다는 사상인 메리토크라시가 우선시되는 분위기는 빈부 격차에 둔감한 사회가 될 수 있음을 기억해야 한다. 과연 지금 우리가 누리는 결과가 우리 자신의 순수한 노력의 결정체라고 볼 수 있을까? 엄홍길 씨의 솔직 담백한 이야기를 통해 우리 사회 전반에 화두로 떠오르고 있는 능력주의 문제까지도 곰곰이 생각해볼 수 있으면 한다.

안나푸르나를 품은 단단한 거인

엄홍길 씨는 장장 2년여 만인 2021년 12월 22일 드디어 네팔에 방문할 수 있었다. 제집처럼 수시로 드나들던 네팔에 가지 못하게 된 것은 코로나19의 확산 때문이었다. 제2의 고향이라고 할 수 있는 네팔에 가지 못하게 되자 한동안 그는 국내에 있는 산을 돌아다니며 갑갑한 마음을 해소했다.

"코로나로 인해 시간적 여유가 생기면서 산에 자주 갔습니다. 제가 북한산 밑에 살거든요. 그래서 아침마다 산에 올라갔다 내려오는 게 루틴이 됐습니다. 많은 사람들이 자가 격리도 되고 재택근무도 하며 집 안에서 생활했죠. 실내 생활이 주가 되어 답답함이 늘어서 그런지 자연으로 상당히 많이 나오는 것 같아요. 특히 코로나 이후로 부쩍 산을 찾는 사람들이 많이 늘었습니다."

산이 곧 엄홍길 씨이고 엄홍길 씨가 곧 산이라고 볼 수 있다. 산악인이라는 단어를 들었을 때 가장 먼저 떠오르는 사람이 바로 엄홍길 씨이기 때문이다. 도대체 그는 언제부터 산에 올랐을까?

"저에게 산은 운명인 것 같아요. 전생이 있다면 제 전생은 산이었을 거라고 생각해요. 제가 태어난 곳은 경상남도 고성입니다. 고성에서 태어나 3살에 부모님과 이사해 자리 잡은 곳이 경기도 의정부시에 속해있는 원도봉산이라는 산이에요. 서울 쪽은 도봉산이고 의정부는 원도봉산이라고 하는데, 차가 다니는 도로변에서 평균 40분정도 산으로 올라가야 하는 원도봉산의 산골짜기로 이사했죠. 거기에 부모님께서 집을 짓고 장사를 하면서 생활하셨어요. 그렇게 자연스럽게 산에 친숙해지며 주변의 모든 것들이 익숙해졌어요. 거기서 도시로 학교를 다니면서 산을 오르락내리락하다 보니 또 자연스럽게 산에 눈을 뜨게 됐고, 산을 좋아하게 됐고, 전문적인 등반 기술을 배우게 됐습니다. 그러다 대한민국의 산을 넘어 세계적인 산에 도전하게 됐습니다."

이처럼 산은 엄홍길 씨에게 삶의 터전이고 생활이었다. 아시아 최초, 인류 역사상 여덟 번째로 히말라야 8,000미터급 14좌에 완승한 그의 업적은 우연이 아니라 필연이었다. 도대체 어떻게 그런 끊임없는 도전이 가능했을까?

"히말라야 8,000미터가 말이죠. 산의 주 봉우리가 14개이거든요. 그 외에 위성봉이 몇 개 있는데, 그중 주봉으로 인정될 만한 봉우리가 2개 있는 겁니다. 14개의 8,000미터 봉우리를 주봉으로 인정하고 잣대로 정한 것 자체가 애매모호한 거예요. 그래서 '이 2개의 위성봉도 주봉으로 보고 애당초부터 주봉이 14개가 아니라 16개로 하는 것이 맞다. 이 2개를 위성봉이라고 하면 14개 중에도 위성봉의 성격을 띠는 것이 있다. 그러면 2개의 봉우리도 편입시켜야 한다. 그래서 14개가 아니라 16개라고 해야 한다'라고 세계 산악계에서 의견이 분분했던 봉우리가 2개가 있는 겁니다. 이런 의견을 깨끗하게 불식시키고자 '내가 새롭게 2개의 봉우리를 도전하겠다. 8,000미터의 종점을 찍겠다' 해서 2개의 15좌, 16좌를 세계 최초로 등정한 거죠."

8,000미터의 화룡점정을 찍은 그에게도 어려움이 느껴지는 산이

있었을까 궁금해 조심스레 질문을 던졌다. 그는 8,091미터의 '안나푸르나Annapurna'를 손꼽았다.

"네팔에 있는 봉우리인데요. 다른 8,000미터에 비해 유독 많이 실패한 산이에요. 사고도 잦았고 동료도 많이 잃었습니다. 제가 네 번을 도전해서 실패하고 다섯 번째에 성공한 4전 5기의 산입니다. 세 번째 도전에서 동료 1명이 크레바스Crevasse에 빠져 생을 마감하고 네 번째에서는 7,600미터쯤에서 추락하는 셰르파Sherpa를 구하려다 줄이 발목에 감기면서 오른쪽 발목이 완전히 골절돼 다치기도 했죠. 다섯 번째 성공 후에도 2명의 동료를 잃었습니다. 발목은 지금도 좀 불편합니다. 안 걷다가 걸을 때가 되면 발이 지끈지끈 아프고 발목도 아프죠. 오랜 시간 걸으면 발목이 붓고 그렇습니다."

다친 지 꽤 됐음에도 불구하고 여전히 몸이 불편하다는 그의 넋두리를 듣다 보니 괜히 장난을 치고 싶었다. "안나푸르나에서 다쳐서 발이 빨리 안 낫나? 안 나아?"라며 장난을 치니 그제야 긴장을 풀며 환하게 웃어 보였다. 라디오 녹음 현장에서는 안나푸르나에서 다쳐서 '안 낫나~?'라는 라임을 살린 아재개그가 빵 터져서 화기애애한 분위기가 조성됐지만 웬일인지 방송에는 그 부분이 편집돼 아쉬웠던 기억이 있다. 우리 PD가 이 글을 보면 "에이, 또 왜 그러세요. 교수님"이라며 너털웃음을 지을 것 같다. "박 PD! 내 개그감 따라오려면 멀었어. 분발해!"

그렇게 엄홍길 씨에게 지난한 역사를 안겨준 안나푸르나는 산스크리트어로 '수확의 여신'이라는 뜻을 갖고 있다. '자신을 이기는 자가 가장 강하다'라는 뜻의 '자승최강自勝最强'의 삶을 실천하고 있는 그의 태도가 수확의 여신과 만나서 결국은 안나푸르나 등정이라는 큰일을 내고 만 것이 아닐까?

"제 인생의 좌우명이 자승최강입니다. 나만 힘들고 나만 고통스러운 것이 아니거든요. 모든 것은 자기 자신에게 달려있다고 생각합니다. 힘들고 어렵지만 이 또한 지나갈 것이고 잘될 거예요. 항상 긍정적인 사고와 희망을 품고 자신을 사랑하는 마음을 가지고 스스로를 이겨내면 좋은 결과가 올 거라고 생각합니다."

엄홍길과 휴먼원정대

2005년에 엄홍길 씨는 히말라야 에베레스트산 등정 후 하산 도중 조난을 당해 생을 마감한 박무택 대원의 시신을 거두기 위해 휴먼원정대를 꾸린 바 있다. 그에게서 직접 그때 그 원정 이야기를 생생하게 들을 수 있었다.

"박무택 대원은 저와 같이 8,000미터 원정을 네 번 도전해서 성공했고 생사고락을 함께한 동료이자 형제 같은 후배였죠. 근데 그 후배가 자기네 학교, 대구에 있는 계명대학교의 개교 50주년을 기념해 자체 산악 동아리에서 선후배와 재학생끼리 에베레스트산 원정을 떠난 겁니다. 티베트 쪽으로 올라갔는데, 오르는 데는 성공했어요. 그때 재학생 1명과 제 후배가 같이 올라갔는데, 후배가 당시 등반 대장으로 올라갔거든요. 이 친구가 성공하고 내려오다 정상 바로 아래에서 앞이 안 보이는 설맹(雪盲)이 걸린 겁니다. 설맹은 빛이 워낙 강해서 눈에 반사되는 자외선으로 인해 망막이 손상돼 순간 앞을 제대로 못 보는 거예요. 하산 도중 설맹 증세가 나타나면서 오도 가도 못 하는 상황이 된 거죠. 그래서 거기 앉은 채로 재학생은 내려보내고 밑에 구조 요청을 보내서 구조대도 올라오고 있었죠. 그 상황에서 구조대가 올라오는 것을 기다리며 거기서 밤을 지새우게 된 겁니다. 절벽에 매달린 채로 말이죠. 8,750미터 지점에서 밤을 지새운다는 것은 죽음이나 다름없는 겁니다. 후배가 그다음 날 올라온 구조대 부대장과 만났어요. 근데 몸이 다 얼고 거의 숨만 쉬는 상태였어요. 저체온이었죠. 부대장이 같이 내려오려고 했지만 날이 어둡고 그래서 그날 밤 매달린 채 숨진 겁니다. 부대장도 내려오다 실종돼버렸고요. 등반에 기껏 성공하고 3명이 산에서 죽은 거예요. 그 후배의 시신이 8,750미터 절벽에 매달려 있다는 소식을 듣고 다음에 등반하는 다른 팀들이 사진을 찍어서 보내줬어요. 제가 그걸 보고 이대로 둬서는 안 되겠다, 어떻게 해서든 수습해야겠다는 생각에 후배와의 인연을 생각해 사고가 나고 1년 후인 2005년에 그 친구의 시신을 수습하러 갔습니다. 그 과정을 모 방송국에서 다큐멘터리로 제작했어요. 「아! 에베레스트」라는 제목으로요. 그것이 세월이 지나서 영화 「히말라야」로 재탄생했습니다."

사랑하는 동료를 떠나보냈고 본인 또한 여러 번 죽을 고비를 넘긴 산은 엄홍길 씨에게 과연 어떤 의미일까?

"처음에는 산이 좋아서 빠지게 됐습니다. 어느 순간부터 목표가 생겼고, 히말라야 8,000미터 산을 도전해야겠다는 목표가 생겼죠. 목표를 향해 도전하는 과정에서 성공만 하지 않았고 실패도 하고 많은 좌절도 경험했습니다. 또 산에서 동료도 잃고 저 또한 수도 없이 생과 사를 넘나들었습니다. 그런데도 산을 떠나지 못했어요. 사고가 난 순간 동료를 잃은 그 순간에는 후회하며 다시는 산에 가지 않겠다고 다짐하면서도 그 위기의 순간이 종료되면 또다시 도전하고 싶은 욕망이 솟구쳤어요. 어느 순간부터 산을 오르는 것 자체가 목표이기도 했지만 제가 산이기 때문에 산을 오르는 것이고, 산이 있어서 제가 존재하는 것이고, 제가 있으므로 산이 존재한다고 생각했기 때문에 계속 올랐습니다. 도전의 목표이고 행위이기는 하지만 어느 순간 수행승이나 고행승 같은 그런 마음 자세나 정신이 갖추어지지 않으면 자연에 감히 도전할 수 없다는 것을 깨달았죠. 산과 제가 하나가 돼야 한다는 것을 느꼈어요. 그래서 산에 계속 도전하고 오르는 생활을 하는 겁니다."

엄홍길휴먼재단을 통해
나와의 약속을 지키다

산을 사랑하는 순수한 마음과 끝없는 도전 정신으로 무장한 엄홍길 씨에게 가장 뿌듯한 감동을 느꼈던 순간은 언제였을까?

"제가 1985년에 처음으로 최고봉 에베레스트산에 도전했는데요. 그때 실패하고 이듬해에 또 실패했어요. 두 번째 실패했을 때 네팔 현지인 셰르파 동료가 에베레스트산 7,700미터 정도에서 추락해 목숨을 잃었죠. 시신도 못 찾고 돌아왔는데, 항상 그 친구를 생각했습니다. 그리고 그 이후부터 제가 에베레스트 지역에 가면 그의 유가족들을 만나고 동네를 지날 때마다 '내가 꼭 꿈을 이루고 살아남는다면 너를 위해 이 마을에 너의 흔적을 남기겠다'라고 항상 마음속으로 약속했죠. 실제로 성공하고 나서 '엄홍길휴먼재단'을 설립하고 그 친구를 생각하면서 첫 번째 학교를 4,060미터 팡보체 마을에 지었습니다. 그때가 가장 가슴이 뿌듯했고 감동을 느꼈습니다."

엄홍길 씨는 히말라야 16좌를 등정한 후 엄홍길휴먼재단을 설립했다. 재단을 만들게 된 것의 배경에는 본인과의 약속을 지키기 위한 것이 컸다고 했다.

"제가 8,000미터 16좌를 성공하기 위해 서른여덟 번 도전했습니다. 그러니까 산에서 겪을 수 있는 모든 것들을 경험하고 그 세계가 얼마나 위험한지 누구보다 잘 알지 않겠습니까? 그런 것을 알면서 또 다른 새로운 도전을 한다는 것이 쉽지 않은 것이지 않겠습니까? 그 간절함이라는 것은 말로 다 표현할 수 없죠. 이전에 14좌에 도전할 때보다 더욱 간절했어요. 근데 어느 순간부터 저의 간절함이 염원으로 바뀌는 겁니다. '꼭 16좌를 성공하게 해주십시오. 저를 도시로 내려보내주시면 저에게 베푸신 은혜와 도움을 절대 나 몰라라 하지 않겠습니다. 제가 받은 것을 꼭 베풀고 나누면서 봉사하며 살겠습니다. 그러니 꼭 성공하게 해주시고 살아서 산을 내려보내주셔야 합니다. 만약 제가 여기서 죽으면 어떻게 되겠습니까? 저는 먼저 간 동료들도 챙겨야지 유가족 분들도 챙겨야지 할 일이 많습니다.'

너무나 간절하게 바라고 원하다 보니 성공했습니다. 정신을 차려보니 산에서 내려와 있더군요. 어느 순간부터 산자락이 보이고, 사람들이 보이고, 그 세계가 보이고, 그 세계에서 자라는 아이들이 보였어요. 그 아이들이 너무나 척박하고 열악한 곳에서 제대로 된 교육이나 의료 혜택도 못 받고 꿈도 희망도 없이 자라는 것을 봤을 때 아이들에게 꿈을 주고 희망을 품게 할 수 있는 것이 교육이자 교육은 생명이라는 생각이 들었습니다."

그렇게 엄홍길 씨는 2008년 '히말라야에서 얻은 것을 돌려준다'라는 신념으로 엄홍길휴먼재단을 설립했다. 2010년에 완공된 1호 '팡보체휴먼스쿨'을 시작으로 벌써 열아홉 번째 휴먼스쿨 건립 이야기까지 오가고 있다. 그가 지금까지 엄홍길휴먼재단을 운영하며 깨달은 게 있다는데, 바로 '좋은 생각을 하고 좋을 일을 하려고 하면 좋은 일이 주어지고 분명히 좋은 일이 나에게 돌아온다'라는 거라고 한다. 그래서인지 엄홍길 씨가 좋아하는 사자성어 중 하나가 바로 '심상사성心想事成'이라고 한다. '간절히 원하면 이루어진다'라는 말인데, 요즘 특별히 간절하게 원하는 게 있다면 무엇일지 물어봤다.

"휴먼스쿨 건립이 지속해서 순조롭게 잘 진행돼 교육 타운이 100퍼센트 완벽하게 완성되는 겁니다. 현지 학생들이 더 나은 환경에서 공부할 수 있는 그날이 오길 간절히 바랍니다."

앞서 엄홍길 씨가 잠깐 언급한 영화 「히말라야」에서 엄홍길 대장 역할을 맡았던 이가 바로 배우 황정민 씨다. 그가 한 인터뷰에서 영화 촬영의 소회를 밝힌 바 있는데, 그 대답이 꽤 인상적이었다.

"엄홍길이라는 인물이 영화 속에서 큰 산 같은 존재로 느껴지길 원했고 원정 대장으로서 대원들을 품을 수 있는 포용력과 확고한 의지, 강인한 정신력을 담아내려고 노력했습니다."

우리가 알고 있는 엄홍길 씨의 모습이 딱 그러하다. 큰 산처럼 거대한 존재이면서도 진정으로 사람을 품을 줄 아는 따뜻함이 느껴지는 사나이. 인터뷰를 마치고 그와 악수하면서 괜스레 마음이 더 뭉클해졌다. 엄홍길 씨의 거친 손끝에서 지금까지 걸어온 고단한 삶의 여정과 무게가 고스란히 느껴졌기 때문이다. 그의 손길을 거친 네팔의 휴먼스쿨이 더욱 늘어나서 오래도록 번성할 수 있길 간절한 마음으로 응원한다. 성공보다 실패를 통해 더 많은 것을 배운 사람 엄홍길 씨의 이야기가 인생의 방향을 잃고 헤매는 많은 이들에게 특별한 지표가 됐으면 좋겠다.

04

열정은 근육에서 나와,
기부도 습관이다

"착한 일 한번 해볼까 하는 마음으로 시작한 나눔이

제 인생을 바꿨어요."

안선영(방송인)

타불라 라사

학생들에게 하나의 주제를 제시하고 리포트를 써오라는 과제를 내면 각양 각색의 결과물을 가져온다. 100명의 학생이 있다면 100명이 다 다른 색깔을 뽑아내는 것이다. 이런 과정은 영국의 철학자 존 로크의 사상에서 유래된 '타불라 라사'라는 말을 떠올리게 한다. 라틴어로 '깨끗한 석판' 또는 '백지'라는 뜻으로, 태어날 때 인간의 본성은 마치 비어있는 석판과 같으며 이후 다양한 경험으로부터 서서히 마음과 지성이 형성된다는 주장이 담긴 용어다. 태어날 때 '무'의 존재였던 사람들이 어떤 환경에서 어떤 생각을 하고 어떻게 살아왔는지에 따라 각자의 의미 있는 '유'를 만들어낸다.

남다른 의미의 '유'를 만들어내는 사람들의 이야기를 뉴스에서 종종 볼 때가 있다. 사회 곳곳에 숨어있는 작은 영웅들의 이야기, 이를테면 이런 사람들이다. 지하철 선로에 떨어진 생면부지의 사람을 구하기 위해 기꺼이 몸을 날리는 사람, 화마로 휩싸인 건물 안에서 미처 빠져나오지 못한 사람들을 구하고자 목숨을 걸고 뛰어드는 사람, 그들의 행동에는 어떤 이득을 얻고자 하는 조악한 이기심이 숨어있는 게 아니다. 그저 '타인을 구해야겠다는 절박함'을 바탕으로 한 이타심이 전반에 깔린 것이다.

흔히 기부, 나눔, 선행을 실천하는 계기에는 이기적 동기와 이타적 동기가 있다. 이기적 동기로 기부를 시작해도 그 과정에서 이타적 감정을 느낄 수 있으며 이는 또 다른 기부의 발판이 되기도 한다. 반대로 이타적 동기로 선행을 시작해도 기부의 과정에서 이기적 동기가 충족되지 않으면 기부를 지속하기 어렵다는 연구 결과도 있다. 많은 이들이 기부의 순수성을 논하면서 타인과 세상을 위한 100퍼센트의 이타적 동기만이 진실한 기부라 여기곤 한다. 과연 그럴까? '착한 일 한번 해볼까?'라는 마음으로 시작한 나눔이 자신의 인생을 바꿨다고 말하는 방송인 안선영 씨의 진정성 있는 이야기를 통해 기부란 무엇이고 어떤 의미인지 자신만의 정의를 내려볼 수 있으면 한다. 처음에는 백지상태로 태어나지만 환경으로부터 습득한 것들이 채워지면서 사람됨이 완성된다는 타불라 라사의 삶을 실천하고 있는 그녀의 이야기다.

긍정의 씨앗, 욕심

"안선영 씨는 대체 직업이 몇 개예요?" 23년 차 방송인이 된 그녀가 수시로 받는 질문이다. 각종 드라마와 예능 프로그램, 홈쇼핑에서 얼굴을 드러내고 유쾌한 에너지를 선사하는 모습은 우리에게 이미 익숙하다. 그리고 어느 순간 라디오 DJ로 변신해 청취자들과 울고 웃으며 위안이 돼주더니 작가로도 변신해 많은 이들에게 연애와 다이어트 철학을 공유하고 있다. 이제는 사업가 타이틀까지 거머쥐고 종횡무진 뛰어다니는 그녀가 너무 신기해서 그중에 가장 좋아하는 일이 뭐냐고 물어봤다.

"그 질문은 저한테 '밥이 좋아, 빵이 좋아?', '엄마가 좋아, 아빠가 좋아?'라고 묻는 거나 마찬가지예요. 각각의 매력이 달라서 저는 다 하는 게 좋아요. 그중에 라디오 DJ는 한 5년 했거든요. 생방송을 매일 했었죠. 별의별 사건이 다 있었어요. 퀵서비스나 오토바이를 불러 매달려 간 적도 있고 장마철 허리까지 물이 잠기는데, 차를 버리고 혼자 뛰어가 오프닝을 한 적도 있어요. 사연이 되게 많은데, 제가 조금 더 나이를 먹고 연륜이 들면 DJ는 다시 한번 꼭 해보고 싶어요. 너무 욕심쟁이인가요?"

아무것도 하지 않으면서 요행만 바라는 것은 탐욕이다. 하지만 안선영 씨처럼 끊임없이 노력하며 움직이는 사람에게 욕심은 긍정적인 인생의 씨앗이다. 그녀가 쉬지 않고 많은 곳에 선한 영향력을 뻗칠 수 있는 힘이 그녀의 그런 욕심에서 비롯됐다고 생각하니 욕심이라는 것 자체가 그리 나쁘지만은 않다는 걸 다시 한번 실감했다.

고백건대 나 또한 욕심이 많은 사람이다. 서울시립대학교 교수이자 한국장애인재단 이사장, 그리고 YTN 라디오 프로그램 「이성규의 행복한 쉼표, "잠시만요"」 DJ, 아울러 내 힘이 닿을 수 있는 각종 사회 활동에 나름의 소임을 다하면서 1년 365일을 바쁘게 보내고 있다. 그 모든 일들을 해내려면 시간 관리를 잘하는 게 중요한데, 안선영 씨의 노하우가 궁금했다.

"전 아주 구체적으로 계획을 세워요. 연초에는 연 단위로, 상반기에는 뭘 하고, 달마다 또 뭘 하고 그런 식으로요. 매주 이번 주에 월요일엔 뭘 하고, 화요일까진 뭘 하고, 수요일엔 뭘 하고, 이걸 매일 세우고 실천하는 거죠. 요즘은 세상이 좋아져서 휴대전화 하나로도 시간 관리를 할 수 있는 애플리케이션이 많아요. 그래서 구체적으로 써놔요. 어차피 몸 관리 차원에서 식단을 조절하니까 저녁 약속을 많이 못 잡아서 점심때 누구를 만나서 어떤 회의를 하고, 저녁엔 집에 가서 장보고 뭐 해 먹고, 피곤해서 좀 일찍 잠드니까 일찍 일어나고, 운동하기 시작하니까 잘 자고. 이렇게 하루 24시간을 남들보다 조금 더 빡빡하게 살아도 여유가 있어요."

욕심만큼 매일을 알차게 살아가는 안선영 씨가 잠시 멈춰서 인생을 돌아보는 계기가 있었는데, 바로 출산이다. 결혼과 동시에 유부녀 타이틀이 붙었지만 이전과 달라진 걸 못 느끼던 그녀였다. 하지만 한 아이의 엄마가 되는 것은 그 무엇과도 바꿀 수 없는 소중한 경험이자 전환점이 됐다.

"아이가 태어날 때 저도 엄마라는 존재로 다시 태어났어요. 제가 정말 인간이 됐죠. 그전에 비해 참을성이 늘고 기다릴 줄도 알게 되고, 성격이 급한 편이라 뭔가를 시작하면 결과를 빨리 봐야 하는 급한 사람이었는데 아이는 내 마음대로 안 되더라고요. 아이를 길러 보니 철이 좀 든 것 같아요."

1남 2녀를 두고 있는 아버지로서 지난 세월을 돌아보면 나 역시 그런 것 같다. 여태까지 내가 아이들을 키웠다고 생각했지만 되돌아보면 오히려 그 반대다. 나를 온전한 사람으로 만든 것은 우리 아이들이었다. 부끄럽지 않은 아버지가 되고 싶고 더 나은 사람이 되고 싶다고 생각하게 만들어준 아이들에게 이 자리를 빌려 고맙다는 말을 꼭 전하고 싶다. 돌아보면 엎치고 기고 걷는 것 모두 자식들이 부모를 떠나는 연습 같기도 하다.

자존감을 높여준 다이어트

몇 년 전부터 유행하고 있는 저탄고지 다이어트법이 있다. 탄수화물을 줄이고 지방을 늘리는 식단과 운동을 병행하는 것으로, 2년 전부터 나도 이 방법으로 체지방을 꽤 많이 줄였다. 라면을 먹는 건 연중행사나 마찬가지일 정도다. 면을 꼭 먹고 싶으면 100퍼센트 메밀로 만든 면 요리만 찾아 먹는다. 처음에는 꽤 힘들었지만 습관이 되니 전혀 스트레스가 아니었다. 오히려 몸이 편해지는 걸 느끼면서 주변에 적극적으로 추천하고 있다. 이렇게 다이어트에 관심이 많고 진심인 내가 안선영 씨의 활동에서 눈에 띄는 것을 발견했는데, 다이어트를 열심히 해서 '몸짱의 아이콘'으로 자리 잡았다는 것이다. 다이어트 성공을 위해 온 에너지를 쏟고 있는 그녀를 보고 더 이상 살을 빼지 말라면서 농담을 던진 적이 있다. "그만 좀 빼세요! 안선영 씨가 1그램이라도 더 사라지게 되는 건 싫단 말이에요." 그러자 폭소하던 그녀는 단순히 살을 빼려는 목적이 아니라 건강을 위해 관리하는 것일 뿐이라고 대답했다. 안선영 씨의 다이어트, 그 시작이 뭐였을까 궁금해서 물어보니 역시 하나밖에 없는 아이가 원동력이 됐다고 했다.

"예전에 다이어트를 한창 했을 때는 목표가 살을 빼서 작은 사이즈의 옷을 입는 거였어요. 근데 아이를 낳고 난 후에는 완전히 바뀌었죠. 제가 한번 쓰러진 적이 있거든요. 요로 결석이 방광 입구를 막아서 소변이 역류해 오른쪽 콩팥이 왼쪽 콩팥보다 2배 정도 부었었어요. 응급 수술을 하면서 전신마취를 했는데, 덜컥 무섭더라고요. 전신마취는 사망할 수도 있다는 사인이거든요? 아이 생각이 나면서 정말 너무 미안한 거예요. 그래서 내가 방송한다는 핑계로 너무 막 살지 않았나, 건강을 너무 놓고 살지 않았나 깨닫게 됐어요. 방송 하나 더 하는 것보다 오래도록 건강해서 아이 옆에 있어줘야겠다고 생각한 거죠."

그날 이후 몸이 나아진 안선영 씨는 굳은 결심을 했다. '무슨 일이 있어도 100일 동안은 매일 운동하자!' 그때부터 100일 동안 매일 헬스장에서 운동을 하니 하루가 다르게 몸이 변하는 게 느껴졌다고 했다.

"저는 100일 동안 체지방을 11킬로그램 정도 뺐어요. 운동을 습관화한 거죠. 기름진 음식을 먹고 양치 안 하고 자면 입이 찝찝해 급하게 깨서 양치해본 적 있죠? 이도 썩고 하니까요. 이렇게 운동이 습관화되면 숨 쉬는 것처럼 거하게 먹은 날은 먹은 만큼 좀 더 움직이고 자는 게 당연해져요. 이 당연한 습관을 들이는 게 40년 동안 안 됐었는데, 엄마가 되고 나니 가능해지더군요. 우는 애를 억지로 떼어놓고 나왔으니 1시간 운동할 때 진짜 집중해서 열심히 하게 되더라고요. 그래서 많이 변했어요."

몸의 변화는 마음의 변화를 불러온다는 말이 있다. 어떤 정신과 의사는 우울증으로 병원을 찾는 환자들에게 운동을 해보라고 권유한다고 한다. 몸을 움직이면 잡생각에서 벗어날 수 있고 지속해서 움직이는 만큼 근육이 늘어나 힘이 생기기 때문이다. 몸에 힘이 생기면 그만큼 또 움직여서 도전하게 되고 도전하면 성취감도 얻으니 자존감은 높아질 수밖에 없다.

"다이어트를 하면서 '나는 할 수 있겠다', '뭐든지 해낼 수 있겠다'라는 생각이 들더군요. 하기 싫은 걸 매일 해냈을 때마다 작은 성취감이 쌓이니까 성격도 많이 밝아지고요. 그전에는 밝은 척, 씩씩한 척을 했거든요. 남들이 나를 어떻게 볼까 하는 직업병 같은 게 살짝 있었어요. 근데 이제는 남들이 뭐라고 하든 말든 건강하고 튼튼하게 잘 살 거라는 자기애나 성취감이 생겼어요. 그래서 자신 있게 『하고 싶다, 다이어트』라는 책까지 냈죠."

흔히 이 시대를 자존감 상실의 시대라 부르기도 한다. 자신을 존중하고 사랑하는 마음을 의미하는 '자존감'은 여러 가지 이유로 깎이고 상실된다. 작게는 가정이나 또래 집단의 관계에서 비롯된 영향일 수 있고, 크게는 숱한 경쟁을 뚫고 살아남아야 하는 이 사회에서 비롯된 영향일 수 있다. 세상에서 마주하는 남들의 얼굴이 주로 밝게 보이는 이유도 나의 애환은 나만이 가장 잘 알기 때문이 아닐까? 어떤 이유로 상실됐든 자존감을 찾는 방법은 명료하다. 자신을 아껴주며 단기적으로 목표를 세우고 조금씩 실천해나가는 것이다. 그렇게 변해가는 자기 모습을 통해 할 수 있다는 자기효능감을 확인하고 자존감이 높아지는 것이다. 안선영 씨는 다이어트를 통해 자존감을 키울 수 있었고 이제는 그 경험을 타인과 공유하고 있다.

"제가 줌바 강사 자격증을 땄어요. 미국에서 시작된 라틴 댄스를 그룹 운동으로 할 수 있는 피트니스 같은 프로그램인데, 제가 춤추는 것과 음악을 너무 좋아했어요. 줌바를 50분 정도 추면 정말 온몸에서 땀이 흐를 정도였죠. 그래서 평생 한 번도 줌바를 안 해봤던 애기 엄마들도 집에서 아이들과 함께 따라 할 수 있겠다 싶었어요. 근데 줌바를 그냥 제 마음대로 영상을 찍어서 올리면 안 되더라고요. 로열티가 있어서 강사 자격증을 따야만 줌바라는 말을 온라인 영상에 사용할 수 있었어요. 그래서 땄죠. 지하 스튜디오에서 이틀 동안 8시간씩 춤추면서요. 매일 운동할 수 있는 영상을 무료로 올리는 「하고싶다TV」(현재 「안서는 안선영 Never Stop」으로 채널명 변경)라는 유튜브 채널이 있어요. 이 채널에 춤 영상을 올리기 시작했는데, 주부들한테 반응이 꽤 좋답니다."

안선영 씨의 줌바를 직접 눈앞에서 본 적이 있다. 장애 청소년 장학 기금을 마련하기 위한 바자회 '러브바자'에 한국장애인재단의 홍보 대사로 참가한 그녀가 줌바 공연을 했던 것이다. 1시간이 넘도록 1초도 쉬지 않고 상체가 다 젖는 것도 모른 채 열심히 춤을 추는 모습을 보고 입이 떡 벌어지면서 생각했다. '아, 저 양반은 보통 여인이 아니구나. 대단하다. 두 손 두 발 다 들었다!'

삶이 더 행복해지는 길, 나눔

2014년 8월 한국장애인재단의 홍보 대사로 위촉된 안선영 씨는 매년 한국장애인재단과 함께 러브바자라는 이름의 바자회를 개최했다. 이 바자회에 열정을 갖고 진심으로 참여하게 된 건 안선영 씨의 개인사와 무관하지 않았다.

"제가 홀어머니 밑에서 오래 자랐어요. 그러다 보니 비슷한 환경의 친구들에게 힘이 돼주고 싶다는 생각이 들더라고요. 남들보다 불편하거나 출발선상이 뒤에 있을지라도 열심히 노력하면 언젠가 원하는 바를 이룰 수 있다는 걸 알려주고 싶었어요."

본격적인 나눔의 시작은 본인의 어린 시절 환경과 닮은 아이들에게 학비를 보조해주는 것이었다. 한 부모 가정의 청소년들에게 학비를 보조해주고 아이들이 자라면서 바른길로 가고 있다는 긍정적인 피드백을 받으니 스스로 변해가는 게 느껴졌다.

"되게 웃긴 게, 착한 사람인 척하려고 살다 보니 어느 순간 그게 진짜가 돼있는 기분 아세요? 처음에는 방송인으로서 기부도 좀 해야 하지 않을까, 착한 일을 하면 사람들이 나를 더 좋아해주겠지, 그런 개인적인 욕심과 얄팍한 마음으로 시작했어요. 근데 하다 보니 점점 좋은 일이 생기고, 주변에서도 도와주고, 한국장애인재단 홍보 대사로도 위촉돼 열심히 했더니 장관상도 받으면서 더 큰 목표가 생겼어요. 앞으로 20년, 30년 더 오래 나누면서 살고 싶다는 생각이 듭니다."

장애인 인식 개선 및 모금 캠페인 참여 등을 통해 나눔 활동을 실천하는 것에 그치지 않고 다양한 곳에 기부와 나눔을 이어가고 있는 안선영 씨는 현재까지 후원한 금액이 억대를 넘을 정도다. 개인적으로 출간한 책의 수익금까지 일부 기부하고 있는데, 기부가 일종의 습관이 됐다고 했다.

"운동처럼 습관이 된 것 같아요. 돈을 벌면 조금 떼어서 나누는 거죠. 선순환이 되려면 좀 나눠야 한다는 생각을 오랫동안 하다 보니 습관이 됐어요. 그리고 주변에서도 이런 곳에 사용하면 이런 아이도 이만큼 도울 수 있다는, 옳은 방향으로 기부를 생활화할 수 있게 도와줬어요. 그래서 우리 아이 돌 때 주변 사람들이 축의금을 주잖아요. 그걸 아이 이름으로 기부했어요. 아이 선물로 받았던 옷 중에서 좋은 것들은 깨끗하게 세탁해서 나누기도 했고요. 약간의 귀찮음만 이겨내면 누구나 할 수 있는 일이니 여러분도 꼭 한 번 해보면 좋을 것 같아요. 기분이 진짜 좋아지거든요."

언젠가는 꼭 할 거라는 생각으로 미루는 사람은 결국 어떤 선행도 하지 못한다. 지금 있는 자리에서 각자가 할 수 있는 작은 선행의 발걸음을 떼어보는 건 어떨까? 안선영 씨는 기부와 나눔에 그치지 않고 또 다른 선한 영향력의 새로운 밑그림을 그리고 있다.

"지금 제가 사업체를 운영하고 있는데요. 저처럼 경단녀들에게 기회를 제공하는 역할을 하고 싶어요. 실제로 저희 회사는 애기 엄마라서 꺼리는 게 아니라 애기 엄마라서 더 환영하거든요. 경단녀들에게 재취업의 자리도 더 주고 싶고요. 저희 회사가 더 커져서 물류 쪽 일도 준비하고 있어요. 장애로 몸이 조금 불편해도 할 수 있는 일이 있잖아요. 그래서 장애인에게 취업의 기회를 제공하는 게 제 작은 비전이에요. 우리 아이들이 세계 어디를 가도 '우리 엄마 이런 일 하는 사람이야' 하고 자랑스럽게 말할 수 있는 그런 부모가 되고 싶습니다."

끝으로 안선영 씨에게 앞으로의 꿈이 뭐냐고 물었더니 '주변에서 스스럼없이 찾아올 수 있는 좋은 어른이 되는 것'이라고 대답했다. 안선영 씨의 그 말은 역으로 나에게 질문을 던졌다. 과연 나는 주변에서 스스럼없이 찾아올 수 있는 좋은 어른일까? 그나마 마음이 놓이는 건 고민이 있을 때마다 교수실 문을 두드리며 밥을 사달라고 편하게 말을 걸어오는 제자들이 있다는 것이다. 스스럼없이 찾아올 수 있는 존재에 가까운 것 같긴 한데, 그렇다고 좋은 어른인지는 답을 내리지 못하겠다. 좋은 사람이 되기 위해 눈과 귀를 열고 내 힘이 닿을 수 있는 곳이 있다면 적극적으로 손을 내밀며 살아가다 보면 언젠가는 그 해답을 찾을 수 있지 않을까?

나는 지금까지 20여 년을 복지 분야에 몸담고 일하면서 수많은 연예인을 만나왔다. 그들이 복지 관련 분야에 기부 혹은 홍보 대사로 발을 들여놓는 모습을 보고 여러 가지 마음이 교차했다. 이미지 메이킹 차원에서 단발성 이벤트로 끝나는 사람이 있는가 하면 꾸준히 진심을 보여주는 이들도 많은데, 그중 한 사람이 바로 안선영 씨다. 2014년부터 지금까지 한국장애인재단의 홍보 대사로서 우리 사회에 선한 영향력을 전파했던 그녀의 모습은 마음에서 우러나는 것이 아니면 불가능한 일임이 틀림없다. 날이 갈수록 멋지게 성장하는 그녀의 행보를 보면서 이런 생각이 들었다. '기부란 개인의 작은 실천을 통해 더 멋진 자기 모습을 만들어가는 과정이 아닐까? 이토록 멋진 개개인들이 하나둘씩 모이면 더 발전된 사회를 만들 수 있지 않을까?' 기부, 어렵게 생각하지 말고 작은 것부터 일단 실천해보고 그 과정에서 당신만의 유의미한 타불라 라사를 만들어보길 응원한다.

05

바다 환경보호를 위해
바다 쓰레기를 줍는 부부 이야기

"각자의 자리에서 작은 실천이라도 시작하는 게

훨씬 더 의미 있는 일이라고 생각해요."

김용규 · 문수정 부부(바다 환경 운동가)

바다는 묘한 매력을 갖고 있다. 굳이 몸을 담그지 않고 탁 트인 모습만 바라봐도 복잡한 마음이 무장해제되는 기분이랄까? 대학 시절 바닷가로 MT를 가서 20살의 잊지 못할 추억을 만들었고 결혼을 하고 나서는 아이들을 데리고 해수욕하러 다니면서 바다에 흠뻑 심취하기도 했다. 사진첩의 많은 부분을 장식하고 있는 소중한 추억의 장소인 바다가 요즘 들어 부쩍 아프다는 소식이 들려온다. 연간 약 100억 킬로그램 이상의 쓰레기가 바다로 던져지고 그로 인해 약 100만 마리의 바닷새와 10만여 마리의 해양 포유류가 목숨을 잃는다는 기사들이 우후죽순 쏟아지고 있다.

날이 갈수록 늘어나는 해양 쓰레기는 대부분 육지에서 버려진 후 강을 통해 바다로 흘러 들어간다. 이 말은 곧 우리들의 행동과 습관이 절대적으로 중요하다는 것과도 같다. 해양 쓰레기의 대부분을 차지하는 것이 분해가 잘 되지 않는 플라스틱이다. 나는 해양 쓰레기 문제가 생각보다 훨씬 심각하다는 걸 인지한 이후부터는 의식적으로 플라스틱 사용을 지양하고 있다. 일회용품 쓰레기를 되도록 만들지 않기 위해 배달 음식은 시켜 먹지 않은 지 오래다. 교내를 돌아다니는 제자들이 텀블러를 꼭 쥐고 다니는 걸 보고 긍정적인 자극을 받아 나 또한 텀블러를 들고 다닌다. 소소한 시작이지만 작은 움직임들이 모여 큰 변화를 끌어낼 것이라고 믿는다. 바다 환경 운동가 김용규, 문수정 부부를 만나고 보니 변화의 발걸음을 내딛기 시작한 게 참 탁월한 선택이었다는 생각이 들었다.

바다의 매력에 풍덩 빠져들다

어느 날 TV를 보다 인상 깊은 광고를 접했다. 에너지 음료 광고였는데, 스쿠버다이빙을 하면서 바닷속 쓰레기를 줍는 부부가 주인공이었다. 누군가 두 사람에게 이런 질문을 건넸다. "바닷속 쓰레기를 줍는 게 가장 뿌듯했을 때는 언제예요?" 아내가 대답했다. "저희를 보고 쓰레기를 줍기 시작했다는 사람들이 생길 때요." 또 하나의 질문이 이어졌다. "이 넓은 바다가 그런다고 회복될까요?" 이 회의적인 질문에는 남편이 자신감 넘치는 말투로 대답했다. "최소한 우리가 지나온 길은 바뀌잖아요." 30초 남짓한 이 짧은 광고는 오래도록 나의 뇌리에 남아서 지워지지 않았다. 이토록 깊은 울림을 전해주다니, 이 부부의 사연이 궁금해졌다. 인터뷰를 위해 직접 대면하고 보니 웃음이 절로 났다. 부부는 닮는다더니 웃는 모습이 똑같았다. 맑고 정갈한 푸른 하늘을 보는 느낌이랄까? 들어보니 2014년에 결혼했다고 했다. 광고 제작자는 기분 좋은 에너지의 이 부부를 어떻게 찾았을까? 남편 김용규 씨가 말하기를 섭외 연락이 왔을 때 꽤 당황스러웠다고 했다.

"예전에 저희가 활동하는 모습을 영상 콘텐츠로 찍은 게 있는데, 광고 제작하는 분이 그 콘텐츠를 보고 저희를 모델로 광고를 제작했으면 좋겠다고 생각했다더군요. 그렇게 섭외 연락이 와서 굉장히 놀랐어요. 출연할지 말지 고민을 많이 했습니다."

숱한 고민 끝에 수락한 광고 출연은 부부의 인생을 180도 바꿔놓았다. 스쿠버다이빙을 하면서 쓰레기를 줍는 광고 영상을 본 많은 사람들이 이들을 가리켜 '바다 환경을 지키는 스쿠버다이버 부부'로 부르기 시작했다. 두 사람의 마음을 단번에 사로잡은 스쿠버다이빙의 매력은 무엇이었을까? 문수정 씨는 바다에 풍덩 뛰어드는 것 자체를 모험이라고 표현했다.

"바닷속이라는 낯선 곳으로 떠나는 모험 같다는 생각도 많이 들었고요. 육상에서는 볼 수 없는 새로운 생명과 그런 환경들을 만나는 것도 되게 좋았어요. 처음에는 물속에 들어가는 것 자체로도 황홀하고 좋은 경험이었어요."

남편 김용규 씨에게도 같은 질문을 던졌더니 비슷한 대답이 돌아왔다.

"저도 그전부터 이런 자연환경에서 시간 보내기를 좋아하고 또 동물들을 굉장히 좋아했어요. 근데 실제 스쿠버다이빙을 통해 바닷속에 들어가면 그들이 사는 곳, 정말 자연이 있는 그대로의 곳으로 저희가 찾아갈 수 있었어요. 거기서 느끼는 경험이 대단히 컸습니다.”

바다가 앓고 있어요

두 사람은 바다에서 많은 시간을 보내다 보니 그만큼 바다에 관한 관심과 애정이 커졌다고 했다. 특히 김용규 씨는 바다의 아름다움만 보고 그치는 게 아니라 바다에서 일어나는 여러 가지 일들에 대해서도 폭넓게 관심을 두고 동참하고 싶다는 생각이 들었다.

“바다에서 일어나고 있는 환경오염이라든지, 그런 쓰레기 문제에 대해 많이 접하고 실제로 쓰레기들을 직접 보면서 심각성을 아주 크게 느꼈어요. 그래서 바다를 좋아하는 사람으로서 우리가 뭔가 해야겠다는 마음이 들었고, 강릉으로 간 다음 주말마다 바다에서 쓰레기를 주울 수 있는 만큼 주워보자고 해서 시작했습니다.”

그렇게 아내 문수정 씨와 의기투합해 매 주말마다 바다에 가서 쓰레기를 줍기 시작했다는데, 구체적인 방법이 궁금했다.

"저희는 스쿠버다이빙을 하는 사람들이니까요. 물속에 들어가 둘러보면 눈에 띄는 쓰레기들이 있어요. 그러면 저희가 가지고 나올 수 있는 만큼이라도 수거해서 나오자는 마음으로 조금씩 보이는 것들을 갖고 나오고 있습니다. 갈 때마다 수거하는 양이 상황에 따라서 다르기는 한데요. 보통 육상에서나 수중에서나 그 양은 비슷한 것 같아요. 저희가 가지고 나올 수 있는 양이 제한돼있어서 아무리 없는 날도 가방 한두 개 정도는 쓰레기가 나오는 것 같아요."

육지에서 발생하는 쓰레기의 종류가 다양하듯 바닷속에 숨어있는 쓰레기의 종류 또한 다양하다고 했다. 그중에서 어떤 쓰레기가 꼭 빠지지 않고 나오는지 궁금했다. 문수정 씨는 폭죽 쓰레기를 손꼽았다.

"폭죽도 여러 가지가 있는데요. 그중에서 가장 문제가 된다고 생각하는 것은 화약이 담겨 있는 작은 플라스틱이 위로 터지면서 탄피 플라스틱이 바닥으로 떨어지는 폭죽이에요. 그 플라스틱 같은 경우 유독 많이 발생해요. 폭죽을 판매하지 않는 상점 인근의 해변에서도 발견되고 심지어 물속에서도 발견돼요. 그게 가장 문제라고 생각해요."

폭죽을 팔지 않는 해변 인근에서 폭죽 쓰레기가 발견된다는 말을 듣고 보니 제주 인근 해변에 해양 쓰레기 100톤이 떠밀려와 비상이 걸렸다는 뉴스가 기억났다. 한 곳에서 발생한 쓰레기는 파도에 떠밀려 예상할 수 없는 머나먼 곳까지 흘러 들어갈 수 있는 것이다. 실제로 김용규 씨는 한 곳에서 발생한 쓰레기가 머나먼 해변에까지 영향을 미치고 있는 것을 체감할 수 있었다. 그리고 문수정 씨 말에 따르면 코로나19와 함께 우리 삶의 필수품이 된 마스크가 바닷속에서 꽤 많이 발견된다고 했다.

"코로나 때문에 마스크를 많이 사용하잖아요. 사진 찍을 때 잠깐 마스크를 벗어놓고 찍는다거나 일회용 마스크이기 때문에 교체해서 사용하거나 하는 경우가 있을 거예요. 그럴 때 유실되는 것도 있고 제대로 쓰레기통에 버려지지 않고 바람에 날려서 해변에 흘러가는 경우도 종종 있는 것 같아요. 그래서 마스크도 많이 보이는 쓰레기 중 하나가 됐어요."

작은 노력들이 모여서 기적이 되기를

두 사람은 다양한 종류의 쓰레기들을 주우

면서 색다른 경험을 많이 했다. 한번은 김용규 씨가 무심결에 라면 봉지 하나를 주웠는데, 깜짝 놀란 적이 있었다. 워낙 깨끗한 상태라 최근에 누군가 버렸구나 하고 생각했는데, 자세히 살펴보니 굉장히 오래전에 판매했던 라면 봉지였다.

"거기에 가격이 60원이라고 적혀 있더라고요. 혹시 이 라면 봉지를 기억하는 사람들이 있나 해서 사진을 찍어 몇 분께 물어봤는데, 70년대에 판매했던 것 같다고 하더라고요. 라면 봉지가 그렇게 오랫동안 썩거나 분해되지 않은 상태로 숨어있다 해변으로 왔구나 싶어서 정말 놀랐습니다."

그토록 놀라운 경험은 아내인 문수정 씨에게도 여러 번 찾아왔다. 언젠가 수중에서 쓰레기 줍는 작업을 할 때 있었던 일이다. 물속에서 일회용 비닐장갑을 발견했는데, 이전에 발견했던 장갑과는 달리 좀 묵직한 기분이 들었다. 남편과 가까이 다가가서 보니 손가락 부분에 살아 있는 물고기가 바둥거리는 모습을 볼 수 있었다.

"물고기는 후진을 못 하잖아요. 그 안에서 이러지도 저러지도 못하고 갇혀있는 거예요. 이걸 어떻게 할까 하다가 장갑을 찢어서 풀어줬어요. 마침 그때 수중카메라를 가지고 들어갔었거든요. 그걸 영상으로 찍어서 사람들에게 알려야겠다고 생각했죠. 곧장 SNS에 공유했습니다. 바다를 보호해야겠다는 마음을 저희뿐만 아니라 더 많은 사람들이 인식하고 공유할 수 있어야 한다고 생각해요. 그래서 사진이나 영상으로 최대한 기록하고 있습니다."

비닐장갑 안에 갇힌 물고기와 비슷한 사례는 심심찮게 찾아볼 수 있다. 콧구멍에 플라스틱 빨대를 낀 채 피를 흘리는 코스타리카의 바다거북 사진이 화제를 모은 적도 있다. 그 모습을 사진으로 접한 것만으로도 굉장히 놀랍고 마음 아팠는데, 실제로 그런 상황을 종종 마주하게 되는 부부는 얼마나 더 아플까 싶었다. 덤덤하게 이야기를 전하는 김용규 씨의 표정을 보니 마음이 안 좋았다.

"특히 해안가와 가까운 곳에서 스쿠버다이빙을 하다 보면 버려진 낚시 도구들이 굉장히 많이 보여요. 낚시를 하다 보면 어딘가에 걸려서 빠져나오지 않는 것들은 끊어버리게 되잖아요. 그러면 버려진 낚시 도구들이 어찌 됐든 물속에서는 계속 낚시를 하고 있을 거잖아요. 그런 낚싯바늘에 물고기들이 걸려 있는 경우들이 종종 있어요. 낚싯바늘에 걸린 채 오도 가도 못 하고 계속 거기 있는 거고요. 가능하면 빼려고 노력하는데, 결국에는 빼지 못하고 그 바늘을 가지고 있더라도 거기를 벗어날 수 있게 줄만 끊어줘요. 풀려나기는 하니까요. 그런 것들을 볼 때 안타까운 마음이 많이 듭니다."

강릉에서 바다 보호 활동을 한 지 3년이 훌쩍 넘은 김용규, 문수정 씨 부부. 그간의 노력 끝에 눈에 띄는 긍정적인 변화가 느껴졌을지 궁금했다. 문수정 씨는 처음 해변에 나가서 쓰레기를 주울 때는 부부밖에 없었는데, 점차 실천하는 사람들이 늘어나서 감사한 마음이 들고 힘도 난다고 했다.

"시민들과 함께 비치클린을 할 때면 자주 바닷가에 나오는 사람들도 있지만 되게 오랜만에 나왔다는 사람들도 있거든요. 오랜만에 바다에 나와서 본인이 직접 쓰레기를 줍고 깨끗해진 해변을 바라보면 뿌듯하고 기분도 좋다고 해요. 그렇게 가족과 함께 활동하는 게 좋다는 말을 많이 했어요."

그런데 김용규 씨는 늘 보람만 느끼는 게 아니라 간혹 힘이 빠질 때도 있다고 했다. 많은 사람들과 함께 구슬땀을 흘리면서 쓰레기를 잔뜩 치웠지만 며칠 후 다시 그 해변을 찾았을 때 또 쓰레기로 가득 찬 모습을 보고 허무한 마음이 들기 때문이다. 그렇다고 그대로 주저앉을 수는 없는 일이다. 앞으로 좀 더 노력해야겠다는 생각이 들었다고 하니 천생 바다 환경 운동가가 아닐까 싶었다. 특히 문수정 씨는 바다 환경을 지키기 위해 최대한 노력하는 부분이 있다고 했다.

"일회용 플라스틱은 어떻게든 사용하지 않으려고 노력해요. 텀블러 사용하기는 쉬운 실천이면서 적극적인 실천이기도 해요. 텀블러를 가지고 나오면 물을 사 먹는 횟수가 줄어들잖아요. 그때마다 플라스틱을 안 쓸 수 있고요. 또 아이스크림을 플라스틱 스푼으로 먹지 않고 콘으로 먹는 거죠. 그런 순간순간의 선택으로 일회용품을 안 쓰려는 노력을 많이 하고 있습니다."

김용규 씨는 많은 사람들이 꼭 자신들처럼 해변에 나가거나 바닷속에 들어가 쓰레기를 치워야 한다고 생각하지는 않는다고 했다. 그보다 각자의 자리에서 할 수 있는 작은 실천이라도 시작하는 게 훨씬 더 의미 있다고 보기 때문이다. 바다에서 발견하는 무한한 가능성을 활용하는 '청색경제Blue Economy'가 화두로 떠오르고 있는 지금, 두 사람의 이야기는 우리에게 많은 생각할 거리를 던져준다.

청색경제

청색경제란 자연에서 영감을 받는 청색기술을 경제 전반으로 확대한 것으로, 벨기에의 환경 운동가인 군터 파울리Gunter Pauli에 의해 처음 주장됐다. 해양수산부에서는 이 청색경제를 달성하기 위한 구체적인 정책을 연달아 제시하며 바다와 자연, 그리고 인간이 어떻게 공존할 수 있을지에 대해 고민하고 있다. 그리하여 추진된 것 중 하나가 바로 2021년 전라남도에서 시작된 지역 주

도형 청년 일자리 사업 '블루이코노미 청년 일자리 프로젝트'다. 덕분에 도내 청년 유입과 기업 이전 등의 긍정적인 효과를 볼 수 있었다. 국내뿐만 아니라 각국의 움직임도 적극적이다. 특히 해상운송과 관련해서는 노르웨이를 손꼽을 수 있다. 노르웨이는 2030년까지 1990년 대비 최소한 40퍼센트의 온실가스를 줄이고 2025년까지 노르웨이 선박에 대한 탄소 중립을 위해 '녹색 해상운송 프로그램'에 착수했다. 이런 상황에서 우리는 우리 나름대로 할 수 있는 만큼의 긍정적인 변화의 발걸음을 조금씩 떼어보는 게 어떨까?

여기서 잠깐! 노르웨이에 대해 이야기를 하다 보니 언젠가 강의실에서 학생들에게 물었던 난센스 문제가 떠오른다. 노르웨이가 무슨 뜻이냐고 물었더니 한 학생이 똑똑하게도 답을 잘 알고 있었다. "노르웨이Norway는 북쪽을 의미하는 nor와 길을 뜻하는 way가 합쳐진 것으로, 북쪽으로 가는 길입니다." 그래서 내가 또 물었다. "총알이 지나가는 길은 무엇일까?" 이 질문에는 대답하는 학생이 없었다. 정답은 '탕웨이'라고 했더니 처음에는 당황스런 표정을 짓던 학생들 사이에서 피식거리는 웃음소리가 들려왔다. 나중에 듣자 하니 나의 이 아재개그 덕분에 노르웨이와 관련된 문제가 시험에 나왔을 때 내용이 번뜩 떠올라서 답을 잘 써낼 수 있었다며 감사하다고 말하는 학생도 있었다. 어떤 식으로든 기억에 남을 수 있다면 좋은 게 아니겠는가. 아마 이 글을 읽는 사람들도 그러하길 바란다.

당장 큰 변화는 없을지 몰라도 작은 노력들이 모여 결국은 우리가 걸어온 길을 바꿀 수 있다는 부부의 이야기를 기억했으면 한다. 분명히 또 하나의 기적을 이뤄낼 수 있을 것이다. 앞서 곤충학자 정부희 씨와의 만남에서 그 중요성을 체감하게 된 그리니즘과 이제 새로운 패러다임으로 떠오르고 있는 청색경제가 함께 시너지를 발휘해 깨끗한 환경 만들기에 기여할 수 있도록 다 함께 환경보호에 대한 관심의 끈을 놓지 않았으면 한다.

06

축구로
나눔을 실천하는 사람

"어렵지만 계속 나아가는 것이 어려움을 벗어날 수 있는
가장 빠른 방법이라고 생각해요."

홍명보(전 축구 선수)

알로하 정신

하와이에서는 반가운 사람들을 만나면 '안녕'이라는 의미의 '알로하'라는 말을 주고받는다. 알로하는 5가지 문자의 조합으로 이뤄져 있다. '배려', '조화', '기쁨', '겸손', '참을성'을 뜻하는 하와이 원주민들의 말에서 비롯된 것이다. 여기서 나온 것이 '알로하 정신'이다. 모두가 서로 도우면서 대자연이 베풀어주는 혜택과 은혜를 나누며 살아가자는 공동체 정신이다. 줄여서 '존재와 숨결의 공유'라고도 한다. 2002년 한일 월드컵 4강 신화의 주역이었던 홍명보 씨가 지금껏 걸어온 삶의 역사를 되짚어보면 바로 그 알로하 정신을 온전히 실천해왔다는 생각이 들었다. 과묵한 이미지에 다소 무뚝뚝해 보이는 그는 선배, 후배, 동료 선수들을 두루 보살피고 챙기면서 조직의 구심점 역할을 톡톡히 해왔다. 20년 이상 축구 꿈나무들을 지원하고 자선 축구 경기를 여는 등 스포츠를 통해 끊임없이 마음을 나누는 홍명보 씨야말로 진정한 알로하 정신의 실천자가 아닐까?

❖

홍명보라는 사람과 나의 인연을 되짚어보니 벌써 20년 정도 된 것 같다. 축구협회 간부로 일하는 지인으로부터 홍명보 씨가 과묵하면서도 속이 정말 깊다는 말을 듣고 호기심이 동했다. 그라운드 위를 누비는 묵묵한 열정의 사나이가 사석에서는 어떤 모습일까? 그렇게 지인을 통해 인연을 맺은 후 우리는 종종 술잔을 기울이는 사이가 됐다. 조용하고 속이 깊은 사람이라는 지인의 말은 그를 직접 옆에서 지켜보니 실감할 수 있었다. 말수는 적지만 그의 생각만큼은 심해보다 더 깊다는 걸 그의 이야기를 통해 많은 사람들이 알았으면 좋겠다. 더불어 그의 요란하지 않고 진정성 있는 선한 활동을 보면서 알로하 정신에 입각한 나눔의 참 의미에 대해서도 함께 생각해볼 수 있으면 한다.

영원한 리베로 홍명보

사실 나는 축구를 그리 좋아하지 않았다. 다리가 불편해 발로 공을 차야 하는 축구는 내 관심 밖의 스포츠였다. 그런 내가 축구에 관심을 가지게 된 것은 영국 유학 시절부터였다. 함께 공부하는 동료들과 프리미어리그 직관을 다니면서 축구의 참맛을 알게 된 것이다. 그리고 또 한번 축구에 관심을 가지게 만들어준 사람이 있었으니, 바로 축구계의 레전드 홍명보 씨다. 대한민국 축구계의 역사를 말할 때 절대 빼놓을 수 없는 레전드 선수다. 그는 선수 시절 A매치 136경기에 출전하면서 국내 남자 축구 선수 중 최다 출전 기록을 보유하고 있다. 한 번도 어렵다는 월드컵에 4회나 출전했고 그중 2002년 한일 월드컵에서는 주장으로서 팀을 이끌면서 4강 신화라는 새로운 역사를 쓰기도 했다. 벌써 오래전 일이지만 과거 선수 시절을 떠올리면 본인이 어떤 선수였다는 생각이 드는지 물어봤다.

"어려서부터 축구를 굉장히 좋아했어요. 축구에 대한 열정은 있었지만 두각을 나타내는 선수는 아니었습니다. 몸이 약했고 키도 작았거든요. 어렸을 때는 아주 작았어요. 그러다 보니 부족한 점을 메우기 위해 노력하는 것도 중요하지만 제가 가진 장점을 극대화하는 것 역시 중요하다는 생각을 많이 했어요. 그래서 기본기 훈련에 많은 시간을 투자했죠. 근데 요즘은 선수의 신체적인 측면을 많이 요구하는 편이에요. 그런 측면에서 보면 저는 축구 선수로서는 잘 맞지 않는 사람이었다는 생각이 들기도 합니다."

흔히 홍명보 씨를 생각하면 중심을 잃지 않는 자세와 듬직한 표정이 떠오를 것이다. 늘 평정심을 유지하는 것처럼 보이는데, 어떻게 그런 평정심을 유지하는지, 마인드 컨트롤 방법이 따로 있는 것인지 궁금했다.

"저는 현역 시절 TV에 얼굴이 많이 잡혔어요. 대체로 팀이 위기에 처했을 때 제가 많이 등장하죠. 제가 수비수였기 때문이에요. 골을 먹기 전 상황이나 먹은 다음인데, 솔직히 경기를 하다 보면 수비 수다 보니 공격수도 마크해야 하고 골을 먹지 않기 위해 반칙도 해야 해요. 화도 많이 나는 게 사실이죠. 중앙 수비에서 컨트롤할 때 흔들리는 모습을 보이면 선수들이 당황한 기색이 역력해요. 그때마다 경기에 좀 더 냉정히 대응하려 했던 적이 많았습니다."

그의 이야기를 듣다 보니 어느 정도 공감이 됐다. 나는 대체로 늘 편안한 분위기를 지향한다. 언제 어디서나 가벼운 아이스브레이킹을 던지면서 사람들에게 밝고 유쾌한 에너지를 전하고자 노력하는 편인데, 일할 때만큼은 냉철해진다. 혹자는 그런 나를 보고 부드러운 카리스마를 갖고 있다고 말한다. 그런데 홍명보 씨야말로 그 수식어가 딱 어울리는 사람이 아닐까 싶다. 부드러운 카리스마의 홍명보 씨는 본인이나 축구계를 위해 어떤 특별한 사명감이 있을까?

"시간이 지나면서 조금씩 바뀌는 것 같아요. 선수 때도 그렇고, 코치 때도 그렇고, 감독 때도 그렇고요. 최근까지 했던 행정도 마찬가지인데요. 변해가는 것들 중에서도 제가 항상 잃지 않으려고 하는 것은 준비를 잘해야 한다는 생각이에요. 완벽히 준비해도 그만큼 좋은 결과가 나오지 않는 경우가 많아요. 하지만 그럴 때는 후회 없는 경기라고 자신에게 말할 수 있고 또 모든 사람에게 그렇게 말할 수 있어요. 근데 준비가 잘 돼있지 않으면 그런 상황보다 좋지 않은 결과를 얻는 경우가 많아요. 완벽하게 준비할 순 없겠지만 하고자 하는 일에 최대한 후회 없이 하려고 노력하고 있습니다."

제2의 축구 인생을 시작하다

홍명보 씨는 2004년 축구 선수로서는 공식 은퇴를 선언했다. 이후 지도자로서 제2의 축구 인생을 시작했는데, 2012년 대한민국 올림픽 대표팀의 감독을 맡아 런던올림픽에서 동메달을 획득하면서 지도력을 입증했다. 그리고 2020년 12월까지 3년 동안 축구협회 전무이사를 지내면서 축구 행정가로 변신을 꾀하기도 했다. 감독과 축구 행정가의 길을 비교했을 때 어떤 점이 다르게 느껴졌는지 물어봤다.

"축구계에 종사한다는 것은 축구를 하는 것과 똑같다는 생각이 들어요. 근데 하는 역할은 많이 다른 것 같아요. 예를 들면 선수나 감독 같은 경우 경기 시작 1시간 반 정도 전에 운동장에 도착하거든요. 미리 잔디 상태나 탈의실 상태를 보는데, 행정 일을 할 때는 시선이 매표소로 먼저 가더라고요. 오늘 관중이 얼마나 들어올지, 관중이 다니는 통로가 얼마나 안전하게 돼있는지 등을 보는 거죠. 축구를 즐기고 팀을 응원하러 오는 사람들에게 더 나은 서비스를 제공하고 또 안전하게 귀가할 수 있도록 하는 것이 행정의 주된 역할이니까요. 감독으로서는 경기장에서 선수들과 함께 좋은 결과를 내기 위해 노력하고, 전무이사로서는 선수단과 코칭스태프들이 좋은 결과를 낼 수 있는 환경을 만들어주는 거라고 이해하면 될 것 같습니다."

홍명보 씨는 축구협회 전무이사 퇴임 후 현재 '울산현대축구단'의 감독으로 지휘봉을 잡고 있다. 4년 만에 지도자로 다시 돌아간 그의 복귀 인터뷰를 스포츠 뉴스에서 본 기억이 난다. 행정 분야에서 일을 해왔지만 마음 한편에는 K리그가 항상 자리 잡고 있었다며 상기된 표정을 짓는 그의 얼굴을 보니 한참 전의 술자리가 떠올랐다. 사석에서 10마디 이상 하는 걸 못 봤을 정도로 과묵한 그였는데, 그때만큼은 활짝 웃으며 수다쟁이처럼 변해 거나하게 취한 와중에도 참 신기했던 기억이 난다. 그때 그에게 물어봤다. 선수로 뛰는 것과 감독으로 활약할 때 무엇이 다르게 느껴지냐고. 그때 그의 표정이 일순간 진지하게 변하면서 이런 속내를 털어놨다.

"선수로서는 나 하나를 우선으로 생각하고 열심히 뛰면 되는데, 감독이 되면 모든 사람을 잘 뛰게 만들어야 해서 엄청난 부담감이 있어요. 그 무게감이 상당합니다."

부담감이 아무리 크다고 한들 그에게는 그리 큰 걸림돌이 되지 않을 듯하다. 어떤 고비든 여태 그래왔듯이 묵묵한 태도로 반드시 돌파해낼 거라는 확신이 들기 때문이다. 다시 감독으로 지도자 생활을 시작한 그의 축구 인생에 팬으로서 영원한 지지와 박수를 보낸다.

축구로 시작한 나눔 이야기

그의 나눔 활동은 튀지 않고 조용한 그의 성품과도 닮았다. 왁자하게 알리지 않고 여기저기 조용히 기부를 많이 해온 그에게 언제부터 이런 일들을 시작했는지 물어봤다.

"제가 기부라는 것을 처음 알게 된 때는 2002년 월드컵이 끝나고 은퇴할 시점이었어요. 이제는 선수로서 봉사할 기회가 많이 없어졌다는 생각이 들더라고요. 나눔을 해야겠다는 생각을 할 수 있었던 건 2002년 월드컵 때 국민들이 선수들에게 보내준 성원 덕분이었습니다. 선수로서는 앞으로 뛸 수 없게 됐으니 다른 방법으로 국민들이나 팬들에게 보답할 수 있는 일을 찾아보고자 '홍명보장학재단'을 설립했어요. 그리고 2003년 천안초등학교 화재 사건이 발생했고 이어서 대구 지하철 참사가 있었어요. 제가 미국에서 선수 생활을 시작하려고 했던 시점인데, 제 기억으로는 그때 처음 기부를 했습니다."

2002년 홍명보장학재단이 정식으로 발족하기 전부터 그의 나눔 활동에 대한 조짐이 보이기 시작했다. 1997년 작은 규모지만 '홍명보장학회'라는 조직을 출범한 것이다. J리그로 이적할 시기였는데, 장학회를 만들 정도로 마음의 여유가 있었는지 궁금했다.

"제가 일본으로 이적할 때 한일 관계가 좋지 않았어요. 그러다 보니 이적하는 것 자체에도 부담스러운 점이 있었는데, 이적이 결정되고 팀에서 이적료가 발생했거든요. 그 당시 구단에서 저에게 그동안 수고했다는 의미로 5,000만 원 정도를 줬어요. 그걸 받지 않고 다시 구단에 위임해 제가 나중에 돌아올 테니 그때까지 이 돈으로 우리 지역에 있는 아이들에게 도움을 줬으면 좋겠다고 해서 장학회가 만들어졌어요. 제가 장학재단을 만들 수 있었던 기초였던 것 같아요."

현재 홍명보장학재단의 일 중에서 눈에 띄는 활동이 뭔지 물어봤더니 자선 축구 경기를 꼽았다.

"장학재단의 목적 사업이 2가지 있는데요. 장학금 수여식과 자선 경기가 굉장히 중요한 사업이에요. 처음 자선 경기를 시작했을 때는 소아암 환자 돕기 자선 경기로 시작했어요. 그래서 당시 많은 선수들이 참여해줬죠. 또 과거 저와 라이벌 관계였던 일본에 있는 선수들도 와서 자선 경기에 큰 도움을 줬어요. 웬만한 한국인 선수들은 모두 제 자선 경기에 참석해줬어요. 여러 감독님들, 저와 함께 뛰었던 2002년 월드컵 멤버들, 제가 감독했던 2012년 올림픽 멤버들도요. 어떻게 보면 자선 경기가 길게 이어질 수 있었던 가장 큰 요인은 선수들이 함께 자리해줬기 때문이라고 생각해요. 저는 그분들에게 항상 고맙다고 말해요. 그분들이 없었다면 자선 경기는 중간에 끊겼을 수도 있었다고 생각합니다."

자선 축구 경기로 많은 사람들에게 도움을 주면서 이 일을 시작하길 정말 잘했다 싶은 순간이 있을 것 같았다. 나 또한 한국장애인재단의 이사장으로서 다양한 나눔 활동을 이어가다 보면 뿌듯한 경험을 하게 될 때가 많기 때문이다. 그에게 가장 뿌듯했던 순간은 언제였을까?

"처음 시작할 때는 소아암 환자들, 어린아이들을 돕기 위해 시작했는데요. 제가 첫 자선 경기의 수익금으로 당장 수술이 급한 아이들에게 도움을 준 적이 있어요. 그 아이들 중 어려운 상황에서 바로 수술을 받아서 완쾌된 아이들이 몇 명 있거든요. 그중 한 친구가 그

다음 해 자선 경기에 시축을 하러 왔어요. 그 모습을 봤을 때 무척 감동이었습니다."

그런 감동적인 나눔 활동을 평안하게 지속할 수 있다면 참 좋을 텐데, 요즘은 경기가 많이 안 좋아서 많은 복지 관련 재단과 장학재단들이 운영상의 어려움을 겪고 있는 게 현실이다. 홍명보장학재단 역시 어려움을 겪고 있지 않을까 걱정돼서 물어봤더니 역시나 그랬다.

"상당히 어렵죠. 저희보다 어려운 사람들을 돕기 위해 노력해야 하고 공헌도 해야 하는데, 아무래도 사회 전반적인 분위기가 그렇다 보니 저희 재단도 어려움이 많아요. 그래도 재단은 제가 하는 것에 있어서 아주 중요한 부분이니 어려운 상황 속에서도 잘 이끌어나갈 수 있게 노력해야죠."

이런저런 목표를 세우고 차근차근 실행해가는 모습이 멋진 홍명보 씨는 앞으로 또 다른 장을 열기 위해 새로운 꿈을 꾸고 있다고 했다.

"제가 해왔던 경험을 토대로 할 수 있는 것들이 있다면 무엇이든 시도해보고 싶어요. 현장이 됐건 행정이 됐건 축구에는 여러 가지 일이 있거든요. 제가 그동안 해왔던 경험으로 더 잘할 수 있는 일이 무엇인지에 대해 더 깊게 고민하고 실천해나가고 싶습니다."

코로나19로 인한 유례없는 혼란의 시대를 살아가고 있는 우리, 위기를 돌파하기 위해서는 어떤 자세를 갖추면 좋을지 물어봤다.

"이 시기는 누구도 경험하지 못한 순간이지 않습니까? 저도 굉장히 힘들더라고요. 특히 예전 선수 시절에도 많이 느꼈지만 저는 이번 기회를 통해 우리 국민들의 의식 수준이 굉장히 높다는 것을 다시 한번 확인할 수 있었어요. 물론 처음 벌어진 일이기 때문에 초기에는 우왕좌왕했지만 곧바로 각자의 위치에서 모든 지침을 따라서 잘 해왔잖아요? 어렵겠지만 우리가 지금까지 해온 것처럼 계속해나가는 것이 이 어려운 시기를 벗어날 가장 빠른 방법이라고 생각합니다."

등 번호 20번, 역대 대한민국 축구 A매치 최다 출전, 동양의 베켄바워, 대한민국 축구대표팀의 정신적 지주, 영원한 리베로, 이 모든 것들이 다 홍명보 씨를 수식하는 말이라는 건 우리나라 사람이라면 모르는 이가 없을 것이다. 그런데 이제는 또 하나의 수식어를 추가해야 할 것 같다. '꾸준한 나눔 전도사.' 앞으로 더 치열하게 고민해서 나눔을 실천하겠다는 그의 바람이 목표점에 안정적으로 골인할 수 있길 바란다. 홍명보 씨와 세상 간 '존재와 숨결'의 공유 '알로하'는 계속될 것이다.

07

나눔은 한마디로 말해서
희망이다

"키다리 아저씨라는 별명이 좋아요.

평생 듣고 싶어요."

한기범(전 농구 선수)

스프레짜투라

예로부터 이탈리아 사람들이 최고로 손꼽았던 미덕이자 장인 정신의 뿌리가 있다. 이름하야 '스프레짜투라 ', '경멸하다'라는 어원을 가진 이 단어는 '힘든 일을 쉽고도 노련하게 해내는 천재의 방식' 혹은 '무심한 듯 세심하게 유유자적하면서도 능란하게'라는 의미로 진화했다. 최근에는 이탈리아인들의 패션 양식을 설명할 때 그들이 멋을 추구하는 방식으로 쓰이기도 한다. 우리나라에서도 이토록 깊은 뜻이 담긴 스프레짜투라를 삶의 방식으로 채택해 사는 사람들이 더러 있다. 누가 봐도 힘든 일처럼 보이는 일을 기꺼이 즐거운 마음으로 해내는 사람들이다. 그들 중 하나가 바로 전 농구 선수 한기범 씨다. 2미터 5센티미터의 커다란 키를 흐느적거리면서 짐짓 여유 있는 모습을 보이는 그는 하루하루 바쁜 일상을 보내고 있다. 종종 방송인으로서 각종 예능 프로그램에 얼굴을 비추더니 어느 날부턴가는 자선 농구 대회 개최를 비롯해 단체를 설립하고 어린이 심장병, 다문화 가정, 농구 꿈나무 후원 등의 좋은 활동을 이어가고 있다. 어쩐지 나는 농구 선수로서 큰 획을 그은 한기범 씨의 업적보다 은퇴 후 그의 행보에 더 관심이 간다. '나눔은 한마디로 말해서 희망이다'라며 많은 사람들이 적극적으로 나눔을 실천하면 좋겠다고 말하는 그의 속내를 들어보니 앞으로가 더 기대되는 사람이라는 생각이 들었다. 아마 그의 이야기에 귀를 기울이다 보면 누구나 그런 생각을 하게 될 것이라고 확신한다.

전설의 농구 스타 한기범

전 농구 선수 한기범 씨의 키가 크다는 건 대한민국 사람이라면 모르는 사람이 없을 것이다. 당연히 클 것이라고 예상하고 그와 대면했건만 그를 처음 보는 순간 입이 떡 벌어지고 말았다. 처음 보자마자 나도 모르게 키가 몇이냐고 물을 수밖에 없었다.

"선수 시절 맨발로 쟀을 때 2미터 5센티미터였어요. 요즘 후배들은 거의 신발을 신고 잰다더라고요? 2미터 7센티미터까지도 프로필에 쓰여 있던데, 아무튼 정확한 제 키는 2미터 5센티미터입니다."

왕년의 농구 스타에서 한때는 방송인으로 각종 예능 프로그램을 주름잡기도 했던 그의 근황이 궁금했다.

"'사단법인 한기범희망나눔'이라는 사회사업단체 대표로서 열심히 활동하고 있어요. 주말에는 농구 모임에 가서 열심히 농구도 하고요. 일반인이 3분의 2 정도이고 나머지가 선수 출신들인데, 선수 출신들이 뚜렷하게 잘하는 건 아니에요. 아시다시피 저희 나이 정도 되면 체력이 부족하잖아요. 잘 뛰는 사람이 항상 이기더라고요."

농구 선수로서 한 획을 그은 한기범 씨가 본격적인 선수 생활을 시작한 건 중학교 2학년 때부터다. 예상대로 그는 어릴 때부터 키가 컸다고 했다.

"스스로는 키가 크다고 못 느꼈는데, 초등학교 6학년이 되면서부터 남들보다 목이 하나 더 있더라고요. 당시 학교에 배구부가 있어 한번 시도해볼까 싶었는데, 안 끼워주더군요. 이후 중학교에 들어가 또 갑자기 키가 콩나물 자라듯이 쑥쑥 크는 거예요. 이미 다른 친구들과 비교가 안 될 정도로 월등히 큰 상황이었는데도 불구하고 말이죠. 당시 다니던 중학교에 다행히 농구부가 있어서 그때부터 농구를 시작했습니다."

전성기에 한기범 씨는 정말 대단한 선수였다. 10년 동안 국가 대표 타이틀을 달고 아시아 청소년대회, 아시아 선수권대회, 86년 아시안게임, 88년 서울올림픽, 세계유니버시아드 등 안 나가본 국제대회가 없을 정도였으니 말이다. 그렇게 꾸준한 선수 활동의 비결은 역시 연습이었다. 때때로 친구들과 노는 경우도 있었지만 단 하루도 연습에 빠진 적은 없었다. 쉴 땐 쉬고 할 땐 열심히 하자는 마인드로 매사에 최선을 다했다. 레전드가 괜히 만들어진 게 아니구나 싶었다. 그렇게 늘 농구에 진심이었던 그가 농구를 하면서 가장 기뻤던 때는 언제였을까?

"1984년 대학 시절 처음 우승했을 때가 생각나요. 제가 중앙대 출신인데요. 팀에 합류하기 전까지만 해도 연세대와 고려대가 번갈아 가면서 우승했어요. 농구가 시작된 이래로 70년 동안 두 팀만 우승한 거예요. 근데 우리가 처음으로 그 역사를 깨고 우승했어요. 그때는 지금 생각해도 소름이 돋습니다."

은퇴 후 제2의 전성기를 맞이하다

각종 대회 우승을 이끌고 매번 MVP로 선정됐던 그가 1996년에 돌연 농구 선수 은퇴를 선언했다. 무릎과 발목 수술을 하고 재활 훈련까지 열심히 받았지만 후유증으로 예전처럼 몸이 잘 움직이지 않았다.

"선수 시절 내내 모든 힘을 다 쏟아부어서 그런지 은퇴가 그리 아쉽게 느껴지진 않았어요. 이후 구로고등학교에서 지도자 생활을 시작했고요. 나중에는 모교인 중앙대학교 농구부 코치를 맡게 됐죠. 당시 은퇴하자마자 목표로 세운 게 있었어요. 제가 센터 출신이잖아요. 그래서 센터 전문 코치를 해봐야겠다는 생각이 들었어요. 전문 책이나 원서를 많이 사서 공부했어요. 중앙대 코치 시절 김주성 선수한테 제가 경험했던 걸 바탕으로 보강을 많이 해줬죠. 득점력이 높은 센터를 키워내는 데 어느 정도 한몫했다고 생각합니다."

한기범 씨는 농구 선수 출신으로 예능인이 된 원조 스포테이너로 불리기도 하는데, 중앙대 코치 시절에 예능 활동을 시작했다.

"한참 후배들 가르치고 있을 때 방송 섭외가 많이 들어오더라고요. 코치를 하고 있으니까 자제했는데요. 당시 제자들을 보니 농구 경기를 할 때 외에는 숙소 생활 자체가 지겨워 보였어요. 그래서 내가 방송에 한번 출연해서 재미난 이야길 해주면 도움이 되지 않을까? 하는 교육적인 차원에서 시도했는데, 제가 더 푹 빠졌죠. 당시 강호동 씨와 강병규 씨가 활발하게 활동하고 있었어요. 그리고 농구 쪽에서는 제가 처음으로 시작하게 된 겁니다."

요즘 예능인으로 활발하게 활동하는 농구 선수 출신 방송인으로 허재, 서장훈, 현주엽 씨 등을 꼽을 수 있다. 한기범 씨는 현역으로 같이 뛰어봤기 때문에 그들의 활약이 더욱 놀랍고 또 반갑다고 했다.

"다들 승부욕이 대단하고 엄청난 선수들이에요. 결코 인터뷰하기 쉬운 친구들이 아니에요. 근데 갑자기 예능 프로그램에 나와서 사람들을 웃기고 재밌게 연예 활동을 한다는 게 믿어지지 않았어요. 방송을 너무 잘하더라고요. 농구 선수들도 이런 일을 잘할 수 있다는 걸 보여주는 것 같아서 기분이 좋았습니다."

농구팀의 코치이자 스포테이너로 명성을 구가하던 그에게 주변에서 이런저런 조언을 해주는 사람들이 많았다. 그 바람에 사업에 뛰어들었다 롤러코스터를 타기도 했다.

"제가 외모를 보면 착하고 순한 이미지이지 않습니까? 그래서 주위 사람들이 이런 말을 많이 했어요. 코치로서 팀을 이끌기 위해서는 독하고 강해야 하는데, 너는 그런 게 좀 부족하지 않느냐고요. 그래서 이건 나한테 안 맞는 건가보다 생각하고 그만뒀죠. 이후로는 키 크는 건강식품을 팔러 다녔어요. 아주 초대박이 났어요. 그러면서 주위 사람들이 또 이거 해봐라, 저거 해봐라고 추천을 많이 해주더라고요. 당시는 손 소독제가 대중화되기 전이었는데, 그런 것들을 팔러 다니기도 하면서 사업에 집중했습니다."

이후 한기범 씨는 안타깝게도 두 차례나 큰 수술을 받으면서 많은 사람들을 걱정케 했다. 마르판증후군이라는 희귀병이 그의 발목을 잡았다.

"그 병의 외형적인 특징을 말하면 저처럼 키가 크고, 손발이 길고, 얼굴과 몸 전체가 마른 특징을 갖고 있어요. 이게 유전병이거든요. 아버지가 심장마비로 돌아가시고 2살 어린 남동생도 심장마비로 먼저 떠났는데, 저도 혹시 유전적인 영향이 있을까 싶어 검사를 했다가 마르판증후군인 걸 알게 됐습니다. 병원에서 말하길 100퍼센트 죽는다는 거예요. 대동맥이 풍선처럼 조금씩 커지면서 빵 터지는 위험한 병인데, 제가 꽉 찼다고 하는 거예요. 그럼 어떡하냐고 물었더니 당장 수술해야 한다더군요. 다행히 좋은 박사님을 만나서 그 다음날에 바로 수술했고 지금까지 건강하게 잘 살고 있습니다."

유전병으로 인해 수술을 할 수밖에 없었던 아픈 경험은 사단법인 한기범희망나눔이라는 단체를 설립하게 만들었다. 그때부터 그는 '키다리 아저씨'라는 별칭을 얻었다.

키다리 아저씨의 탄생

사단법인 한기범희망나눔은 소외 계층 아동과 심장병을 앓는 아동을 위해 한 줄기 빛이 되겠다는 목표로 2011년 출범해 10년이 넘는 시간 동안 꾸준히 선한 영향력을 펼치고 있다.

"마르판증후군 때문에 2000년과 2008년에 두 번의 수술을 받았는데요. 첫 번째 수술을 받았던 2000년에는 보험이 적용되지 않아서 2,000만 원 정도의 수술 비용이 들었어요. 다행히 은퇴한 지 얼마 지나지 않은 상태라 자비로 수술할 수 있었죠. 근데 8년 후 두 번째 수술을 받을 때는 상황이 너무 안 좋았어요. 그렇게 집도 없고 차도 없는 어려운 와중에 '한국심장재단'의 도움을 받아 수술을 진행했습니다. 그때 빚을 진 거죠. 수술이 끝나고 마취에서 딱 깨어나는 순간 '아, 이건 내가 사회에 꼭 갚아야겠다'라는 생각이 들었습니다. 그리고 '심장 수술을 해야 하는 심장병 어린이를 돕자, 다문화 가정의 아이들을 돕자, 내가 농구를 했으니까 농구 꿈나무들을 돕자'라는 생각으로까지 발전한 거죠."

처음에는 심장병 어린이 돕기 자선 농구 경기 대회로 단체의 나눔 활동이 시작됐다. 농구를 좋아하는 연예인들이나 프로 농구 선수 후배들이 와서 게임을 한 후 수익금을 심장병을 앓는 아이들에게 전달하는 행사가 시초였다. 이후 다문화 가정 아이들에게 농구를 가르치면서 또 다른 차원의 뿌듯함을 느꼈다고 했다.

"다문화 농구팀을 만들고 아이들을 가르치면서 느낀 건데, 풀이 죽어 밝지 못한 경우가 많았어요. 그런 아이들이 농구팀에 와서 누구의 눈치도 보지 않고 즐겁게 운동하니 성격이 확 바뀌더라고요. 부모님들이 아이들 성격이 적극적으로 변했다면서 고맙다는 말을 해주실 때 참 뿌듯하죠. 그리고 심장병을 앓는 아이들에게 수술비를 지원하고 부모님들로부터 감사 인사를 받을 때도 기뻤어요. 사실 저는 나눔의 기쁨이라는 게 뭔지 잘 몰랐어요. 그냥 의무적으로 습관적으로 하는 건 줄로만 알았죠. 근데 직접 후원을 해보니 가슴에 뭔가 울컥하는 것이 올라오더라고요. 세상을 다 가진 것 같고 날아갈 것 같기도 하더라고요. 그런 기쁨은 나눔을 해본 사람만이 알 수 있을 거예요."

하지만 코로나19는 적극적인 나눔 활동에도 제동이 걸리게 만들었다. 사단법인 한기범희망나눔은 후원으로 운영되는 상황이라 후원이 없으면 타격이 크기 때문에 경제적으로 어려움을 겪을 수밖에 없었다.

"코로나로 다들 힘들지만 모든 국민들이 협조해 잘 극복해나갔으면 좋겠습니다. 일단 저는 사단법인 한기범희망나눔이 안정화되는 게 목표예요. 경제적 자립이 우선 목표고요. 그리고 또 하나의 목표가 있는데요. 제가 해외로 시합을 많이 나가면서 그 나라의 안 좋은 상황을 보는 경우가 많았어요. 언젠가는 적극적으로 해외에 나가서 나눔 활동을 펼쳐보고 싶습니다. 농구를 통해서든 다른 걸 통해서든 개발도상국 같은 곳에 가서 나눔을 하는 것이 제 꿈입니다."

나눔은 멀리 있지 않고 가까운 곳에 있다는 한기범 씨. 나눔을 어떻게 해야 할지 몰라 망설이고 있는 사람들에게 꼭 하고 싶은 말이 있다고 했다.

"몸이 건강한 사람들은 그만큼 적극적으로 동참해 나눔을 하면 좋겠어요. 경제적으로 여유가 있는 사람들은 경제적으로 도움을 주면 좋고요. 각자 특기가 있으면 특기를 살려서 나눔을 하면 좋겠습니다. 모든 사람들이 조금이라도 웃으면서 생활할 기회를 주면 좋을 것 같아요. 여러분도 키다리 아저씨가 될 수 있습니다. 전 이 별명이 참 마음에 들어요. 농구를 하기 전이나 농구를 할 때는 그저 꺽다리란 소리만 많이 들었거든요. 꺽다리 아저씨에서 키다리 아저씨로 변신한 거죠. 키다리 아저씨가 천사 같은 이미지이지 않습니까? 기분 좋은 이야기인 것 같습니다. 평생 듣고 싶어요."

신체적인 아픔을 겪으며 나눔을 떠올릴 수 있는 사람이 세상에 몇이나 될까? 대한민국 농구의 전성시대를 이끌었고 이제는 나눔의 전성시대를 이끌고 있는 한기범 씨의 꾸준한 나눔 활동에 박수를 보낸다. 농구를 통해 웃음과 희망을 전파했듯 결국은 그의 나눔이 다른 많은 이들에게 밝은 미래를 선사할 것임이 분명하다. 무심한 듯 시크하게 농구 코트를 누비던 한기범 씨의 앞날에 건투를 빌며 큰 소리로 응원의 메시지를 외쳐본다. "한기범 씨! 나눔에서도 또 한번 스프레짜투라!"

08

나눔은 서로의 부족함을 채워주는 진실한 만남이다

"나눔을 왜 하냐고요?

간단명료해요. 좋아서요."

임형주(팝페라 테너)

예술 기부

우리나라에 '재능 기부 Talent Donation'라는 이름의 기부 문화가 본격적으로 자리 잡기 시작한 것은 2010년 이후부터다. 그전까지만 해도 기부란 모름지기 금전적인 여유가 있어야만 할 수 있다는 인식이 팽배했다. 하지만 2012년 보건복지부에서 입법을 예고한 '나눔기본법' 이후부터는 기부에 대한 새로운 트렌드가 부상했다. 나눔에 대한 개념이 달라진 것이다. 기존의 기부 개념에서 한 차원 더 달라진 나눔의 중심에는 팝페라 테너 임형주 씨가 있었다. 다수의 인터뷰를 통해 그는 자신의 음악 인생에서 가장 중요한 두 축이 음악과 나눔이라고 밝힌 바 있다. 저소득층 예술 영재를 지원하는 '아트원문화재단'을 설립해 사랑이 깃든 음악 인생을 이어가고 있는 것은 결코 우연이 아니다. 나눔을 실천하다 보면 정신적으로도 풍요로워지고 타인과 나를 비교하는 게 없어지며 동시에 가슴 속에 자부심이 피어오른다고 말하는 임형주 씨. 소년처럼 맑은 얼굴과 상기된 목소리로 나눔이란 서로의 부족함을 채워주는 진실한 만남이라는 메시지를 설파하는 그의 모습이 오래도록 머릿속을 맴돈다. 유쾌하면서도 따뜻한 그의 에너지가 모두에게 온전히 전해질 수 있길 바라며 그와 나눈 즐거운 이야기들을 공유하고자 한다.

나는 자신의 분야에서 재능을 발휘하는 뮤지션과의 만남이 늘 설레고 기대된다. 음악으로 따뜻한 위로를 전하는 임형주 씨는 내 예상대로 밝은 에너지의 소유자였고 따스한 기운이 물씬 풍기는 사람이었다. 그는 언젠가부터 클래식 무대뿐만 아니라 국가 기념식이나 올림픽과 월드컵 같은 세계적인 스포츠 행사에 종종 등장하면서 애국가 스타로서의 명성까지 갖추게 됐다. 2021년에 참가했던 도쿄올림픽 국가대표선수단 결단식에서는 코로나19 때문에 무반주로 국가를 부르면서 때 아닌 화제를 몰고 오기도 했다.

"이 무반주 국가가 왜 화제가 됐냐면 코로나 때문에 악단이 안에 들어갈 수 없는 거예요. 도쿄올림픽 국가대표선수단 결단식을 올림픽 홀에서 했는데, 굉장히 넓지 않습니까? 4,000석인데 선수단들도 각 분야에서 대표적인 선수 1명, 감독 1명, 코치 1명 이런 식으로 온 거예요. 그래서 선수단들도 모두 참여할 수 없는 상황이었죠. 코로나 방역 수칙이 상향돼 반주를 할 수 없으니까 무반주 애국가를 부른 겁니다. 그래서 화제를 모았어요."

2003년 초 임형주 씨는 국회의사당 특설 무대에서 개최된 대한민국 제16대 노무현 대통령 취임식에서 헌정 사상 역대 최연소로 애국가를 독창하면서 스타덤에 오른 바 있다. 이후 꽤 많은 국가 기념식 무대에 올랐는데, 그중에서 가장 기억에 남았던 때가 언제였을지 궁금했다.

"가장 최근 국가 기념식은 6.15 남북공동선언 20주년 기념식 때예요. 그때「우리의 소원은 통일」과 독창으로「임진강」북한 가곡 불렀던 게 가장 기억에 남고요. 그전에는 광복절 중앙경축식에서 문재인 대통령 내외 앞에서 심훈 선생의「그날이 오면」노래를 초연했던 생각이 납니다."

역대 대통령들의 취임식에서 애국가 독창은 중견 성악가가 담당하는 것이 관례였다. 하지만 이 전통을 깨고 만 17살의 소년이 청아한 목소리로 애국가를 부르는 장면이 국내 지상파 3사는 물론이고 미국 CNN과 영국 BBC, 일본 NHK, 중국 CCTV 등 해외 140여 개 나라의 주요 월드 채널에 생중계되면서 세계적으로 그의 존재감을 폭넓게 알리는 계기가 됐다. 국가 기념식에서 노래를 부른 것이 국제적인 나그네의 탄생에 초석이 된 것이다.

임형주 씨는 1998년 10대 초반의 나이로 데뷔했다. 연차로 따지면 벌써 중견 뮤지션이라고 할 수 있다. 그동안 뮤지션으로서 꽤 많은 변화가 있었는데, 가장 눈에 띄는 것은 세계적인 스타로 발돋움한 것이다. 스스로를 '국제적인 나그네'라고 표현하는데, 그보다 더 잘 어울리는 별칭이 있을까 싶다.

"SNS에 제 소개를 국제적인 나그네라고 써놨어요. 제가 저를 지칭한 거죠. 지금은 코로나 때문에 외국 활동이 자유롭지 못하지만 예전에는 국내 활동보다 해외 무대 활동을 더 많이 했기 때문에 항상 정처 없이 떠도는 음악 나그네 같다고 생각했어요. 그래서 이런 말을 쓰게 된 겁니다."

국제적인 나그네로서 가장 기억에 남는 국제 무대는 무엇이었을지 물어봤더니 그동안 해왔던 모든 공연들이 제 자식 같아서 하나만 손꼽기는 힘들다고 했다. 그래도 군이 꼽아보자면 데뷔 독창회 무대가 오래도록 가슴에 남는다고 했다.

"정말 수도 없이 많은 나라를 다녔어요. 뉴욕 카네기홀은 상징적인 공연장이잖아요. 거기서 2003년 6월 30일, 당시 만 17세의 나이로 세계 남성 성악가 중에서 최연소로 데뷔했어요. 그 데뷔 독창회가 가장 기억에 남습니다."

국내뿐만 아니라 국제적으로 활동하면서 꽤 바쁠 텐데도 불구하고 그의 도전은 멈추지 않고 늘 현재 진행형이다. 2021년에는 데뷔 23년 만에 프로듀서로 첫발을 내딛기도 했다.

"제 앨범의 셀프 프로듀싱이 아니라 줄리어드스쿨의 성악가 직속 후배인 소프라노 조수아 씨의 데뷔 음반을 직접 제작하고 프로듀서 보컬 디렉터를 했어요."

그는 테너에서 베스트셀러 작가, 교수, 음악 프로듀서, 라디오 DJ까지 섭렵하면서 다방면에서 활동하고 있다. 그뿐만 아니라 UN GC와 유네스코 한국위원회 친선 대사로도 활동 중이며 지구 온난화로 인한 기후 위기 및 대기오염과 저탄소 운동 등과 같은 환경문제들에도 관심이 많다. 이토록 많은 일들 속에서 조금이라도 더 끌리는 분야가 있을지 궁금했다.

"2015년부터 제 모교 중 한 곳인 로마시립예술대학 성악과 석좌 교수를 하고 있거든요. 생각보다 아이들 레슨하는 게 체질인 것 같아요. 그래서 음반 프로듀서 한 것도 낯설지 않았고 누군가에게 제가 가진 노하우를 알려주고 팁을 전수해주는 게 적성에 맞더라고요. 교수가 천직인 것 같기도 해요."

나눔을 하는 이유는, 좋아서

임형주 씨에 대해 이야기할 때 빼놓을 수 없는 단어가 바로 '최연소'와 '최초'다. 2003년 만 17세의 나이로 제16대 노무현 대통령 취임식에서 헌정 사상 최연소 애국가 독창자가 됐고 같은 해 세계 남성 성악가 중 사상 최연소로 미국 뉴욕 카네기홀에서 단독 데뷔 독창회를 했다. 세종문화회관의 모든 무대(대극장, M씨어터, S씨어터, 체임버홀)에서 공연한 최초의 음악가이자 아시아 최초의 그래미상 심사 위원 위촉 등으로 이름을 올리기도 했다. 그 외에도 수많은 기록을 휩쓸었는데, 온통 역사 그 자체인 그의 인생에서 가장 중요한 축은 눈에 보이는 기록이 아니라 '음악과 나눔'이라고 했다. 그 중에서도 특히 나눔의 시작을 떠올려보면 처음에는 사소한 것에서부터 출발했다.

"어릴 때 어머니가 월드비전 사랑의 빵 저금통을 채우게 하셨어요. 다 채우면 1명의 생명을 살릴 수 있다고 해서 열심히 동전을 넣었던 기억이 나요. 그때부터 나눔이 자연스럽게 몸에 밴 것 같습니다."

그렇게 시작한 임형주 씨의 따뜻한 나눔 행보는 전 세계적으로 널리 알려진 지 오래다. 2015년 미국 백악관 산하 대통령 소속 문화체육의학위원회가 수여하는 미국 오바마 대통령상을 받으면서 많은 사람들을 깜짝 놀라게 한 바 있다. 음악회 수익금을 UN에 기부하는 등 그동안 그가 해왔던 나눔의 공로를 인정받은 결과다. 그뿐만 아니라 각종 복지 관련 기관의 친선 대사와 홍보 대사를 역임하면서 기부도 꾸준히 해오고 있다. 이런 좋은 활동을 오랫동안 소리소문도 없이 꾸준히 하는 것에 대해 장난스레 "왜 하세요?"라고 물어봤다.

"제가 좋아서요. 너무 간단해요. 그런 거 왜 하냐는 질문을 많이 받아요. 너무나 간단명료합니다. 제가 좋아서 해요. 누군가를 돕는다는 게 제가 누군가에게 일방적으로 주는 느낌만 들지는 않아요. 저도 감정적으로 얻는 게 있거든요. 뿌듯함이요!"

그는 2008년 저소득층 예술 영재를 지원하는 아트원문화재단을 설립했다. 국내 데뷔 10년, 세계 데뷔 5년을 기념해 좋은 일에 쓰고자 하는 마음에서 비영리 재단을 만든 것이다. 재능은 있지만 가정 형편이 어려워 음악 공부를 못 하는 후배들을 가르치고 싶은 마음이 그 시작이었다. 이토록 진한 사랑이 깃든 음악 인생을 이어가고 있는 그의 나눔 활동은 데뷔 초기부터 이미 조짐을 보였다.

"첫 앨범의 계약금을 기부했어요. 당시 부모님의 뜻이었죠. 이후 2005년 대한적십자사 창립 100주년에 최연소 홍보 대사가 되면서 보육원과 양로원 봉사를 시작했어요. 그때 나눔이란 무엇인지 진심으로 깨닫게 된 것 같아요. 저는 노블레스 오블리주나 봉사 혹은 기부라는 말을 그리 선호하지 않는 편이에요. 일방적으로 누군가에게 주는 게 아니라 서로 부족한 것을 채워주는 진실한 만남이라고 생각하기 때문이죠. 그래서 나눔이란 말이 더 맞는다는 생각이 들어요. 물질이나 재능을 나눠주지만 저 또한 그들에게 위안과 기쁨을 받으니까요."

나눔에 관한 그의 철학을 들으면 들을수록 진정성이 느껴지는 진실한 사람이라는 생각이 더 강해졌다. 하지만 무대에서 노래하는 팝페라 테너로서의 임형주가 더 익숙한 사람들 중에서는 잘 알지도 못하면서 함부로 말해 마음에 생채기를 내는 사람도 더러 있다고 했다.

"아무래도 제가 예능 프로그램에 잘 안 나가고 노래하는 모습만 방송에 많이 나가다 보니 '임형주는 자기만의 세계에 갇혀 사는 사람일 것 같다, 깍쟁이일 것 같다, 사회성이 결여돼있을 것 같다'와 또 제 목소리가 워낙 곱다 보니 '주기적으로 여성 호르몬 주사를 맞는다더라'라는 말도 안 되는 소문이 나기도 했어요. 루머들이 결국에는 사실인 양 퍼져 있더라고요. 저는 생전 처음 듣는 말인데, 그게 마치 기정사실화돼버리는 경우가 있더군요. 그런 것들이 종종 뜨악스러웠죠."

그럼에도 불구하고 그가 열정의 끈을 놓지 않고 계속 노래하는 이유는 음악으로 세상과 소통하고자 하는 꿈이 있기 때문일 것이다. 서로의 부족함을 채워주는 진실한 만남인 나눔을 계속하기 위해서라도 끝까지 노래하며 살 거라고 환하게 웃어 보이는 그의 미소를 오래도록 보고 싶다. 나눔에 대해 자신만의 정의를 내린 임형주 씨의 이야기를 듣고 나니 아들에게 월드비전 사랑의 빵 저금통을 채우게 하신 임형주 씨 어머니의 일화가 자꾸만 떠오른다. 어머니의 마음은 자식의 공부방이라는 말이 있지 않은가. 나 또한 우리 아이들에게 어버이로서 어떤 가르침을 주고 살아왔는지 되돌아보게 된다. 어머니의 나눔에 대한 가르침으로 인해 나눔의 의미가 자연스럽게 몸에 밴 것 같다는 임형주 씨의 말을 다 함께 잊지 말고 꼭 기억했으면 한다. 한 번쯤 각자가 생각하는 나눔에 대한 새로운 의미를 찾아보면 어떨까? 그렇게 나눔과 점차 가까워지는 과정을 통해 마음이 한결 따뜻해짐을 느낄 수 있을 것이다.

09

나눔의 시작은
사소한 것부터

"저로 인해서 상대방이 기뻐하면

그게 그렇게 행복하더라고요."

박상민(가수)

코이노니아

교회에 다니는 사람이라면 '코이노니아_{Koinonia}'라는 단어가 익숙할 것이다. '협동' 또는 '친교'를 뜻하는 그리스어를 영국식으로 표기한 말인데, 신약 성경에 자주 등장한다. '좋은 것을 함께하다'라는 의미를 담은 코이노니아는 종교의 유무를 떠나 우리가 지향해야 할 참된 대인 관계의 모습을 의미한다고도 볼 수 있다. 기부 천사로 불리는 가수 박상민 씨의 기부와 나눔 활동에 관한 이야기를 듣다 보니 좋은 것을 함께하고자 하는 코이노니아의 정신을 제대로 실천하고 있는 사람이라는 생각이 들었다. 그는 스케줄이 10개 있으면 그중 6개가 가수 활동이고 나머지 4개는 기부와 나눔에 관한 일이 대부분이라고 했다. 때로는 그 비율이 반대가 되어 경제적으로 크게 도움 되는 일을 날리는 경우도 있지만 오히려 그 상황이 반갑게 느껴진다. 자신이 어디서든 도움이 되는 존재라는 것 자체가 기쁘기 때문이다. 나로 인해 누군가가 기뻐할 수 있다면 그것만으로도 가슴이 벅차고 기분이 좋아진다는 박상민 씨의 나눔 이야기. 그 시작은 무엇이고 꾸준함의 원동력은 무엇일까? 나눔의 행복을 아는 노래 잘하는 가수 박상민 씨의 따뜻한 선행, 그 발자취에 귀를 기울여보자.

나는 가수다

될성부른 나무는 떡잎부터 알아본다는 말이 있다. 박상민 씨의 어린 시절 이야기를 들어보니 딱 맞는 것 같았다. 6살 때 노래를 불러 쌀 한 가마니를 탔다는데, 본투비 싱어라는 생각이 들었다.

"아주 어릴 때라서 자세히 기억은 안 나는데요. 제가 6살 때 남진 형님의 「님과 함께」를 불러 1등을 하고 쌀 한 가마니를 탔답니다. 사진이 있더라고요. 그렇게 어릴 때부터 부모님 모임이나 동네 사람들 있는 곳에 꼭 가서 노래했대요. 부모님도 제가 노래하는 걸 당연하다고 생각하셨죠. 노래 말고는 할 줄 아는 게 없었어요. 가수를 할 수밖에 없는 운명이었던 거죠."

가수의 자질을 타고난 박상민 씨는 정식으로 데뷔하기 전 언더그라운드 그룹 활동을 통해 음악계에 발을 들였다. 그룹에서 리드 보컬을 맡았는데, 가요 관계자들의 스카우트 제의가 꽤 많았다고 했다.

"클럽에서 노래하는 제 모습을 제작사에서 몇 달 동안 계속 지켜봤다고 하더라고요. 그러다 좋은 기회가 생겨 1992년에 정식으로 가수 계약을 했어요. 그 당시 꽤 괜찮은 중형차를 계약금 형식으로 사주더라고요."

그렇게 운명처럼 가요계에 발을 들여놓은 박상민 씨는 예나 지금이나 늘 한결같은 모습을 유지하고 있다. 짙은 선글라스와 수염이 그의 트레이드마크로 자리 잡았는데, 그 비화를 들어보니 나름의 슬픈 사연이 숨어있었다.

"1집부터 이 콘셉트였어요. 2집을 발표하면서 「멀어져 간 사람아」를 부를 때부터는 눈이 보이는 안경으로 바꿨고 수염도 다 깎았습니다. 제작자의 실수랄까요. 판단 미스로 그렇게 나간 거예요. 그때 「멀어져 간 사람아」의 반응이 한참 좋을 때였거든요. 근데 제 모습을 온전히 드러내니까 앨범 판매가 뚝 떨어졌어요. 안 되겠다 싶어서 며칠 동안 수염을 기르고 선글라스도 다시 썼죠. 그때부터 지금까지 이 콘셉트를 유지하고 있습니다."

조금은 웃픈 이야기일 수도 있지만 가수 박상민만의 독보적인 캐릭터가 생긴 거니 나쁘지 않은 사연 같았다. 이후 30년 동안 꾸준히 노래해온 그는 히트곡이 참 많다. 보통 가수들은 히트곡 하나만 있어도 평생을 먹고살 수 있다는데, 박상민 씨는 히트곡이 너무 많아서 열 손가락 안에 다 꼽을 수가 없을 정도다. 「멀어져 간 사람아」, 「해바라기」, 「청바지 아가씨」, 「무기여 잘 있거라」 등 장르가 꽤 다양한데, 노래할 때 어떤 마인드로 부르는지 궁금했다.

"제 실화라고 해야 할까요? 제가 살아왔던 걸 작사가한테 그대로 전달해서 나오는 경우가 있어요. 영화를 볼 때도 주인공이 저라고 생각하고 보거든요. 그래서 웬만하면 모든 노래에 사실적으로 표현하길 원하는 편입니다. 특히 슬픈 노래를 할 때는 열렬히 슬픈 생각을 하면서 진심을 담아 노래하죠."

슬럼프 없이 행복할 수 있는 이유

자그마치 30년 동안 뮤지션으로 살아오며 슬럼프도 몇 번 겪었을 법한데, 박상민 씨는 의외로 거의 없었다고 했다.

"저는 감사하게도 슬럼프가 거의 없었어요. 중간에 저를 사칭했던 친구가 1명 있어서 그것 때문에 좀 속상한 적은 있었죠. '가짜 박상민'이라고 해서 아주 시끄러운 사건이었어요. 제 노래를 가지고 립싱크 가수로 활동한 거예요. 제가 받는 보수의 100분의 1 정도 받고요. 자존심이 너무 상했죠. 환갑잔치 같은 데도 갔고요. 저로 사칭해 선글라스를 끼고 수염까지 기르고 사인까지 똑같이 했어요."

이 가짜 박상민 사건으로 마음을 다치는 일이 있었지만 특유의 긍정 에너지로 금세 심란한 마음을 극복했다. 아무리 속상한 일이 있어도 음악을 하면 싹 잊어버리고 자신의 노래를 들으면서 울고 웃는 사람들을 볼 때 너무 짜릿하다고 말하는 걸 보면 천생 연예인이 아닐까 싶다. 그런데 자신이 아무리 노래를 부르고 싶다고 한들 건강이 따라주지 않으면 소용이 없을 것이다. 평소 박상민 씨는 가수로서 목 관리를 어떻게 할까?

"많은 사람들이 저에 대한 선입견을 갖고 있어요. 외모만 보고 술, 담배 잘하게 생겼다고요. 근데 저는 술, 담배를 전혀 안 해요. 담배는 아예 배우지도 않았고 술은 체질에 안 받아요. 그게 영향이 있는 것 같고, 그리고 솔직히 연습을 많이 합니다. 음악을 많이 듣고요. 또 어릴 때 목을 많이 단련시켜놔서 그게 도움이 많이 되고 있어요. 꽤 오랫동안 클럽에서 하루에 60곡을 넘게 부르다 보니 굳은살이 생긴 거죠. 예를 들어 저녁에 열린 콘서트 1, 2회에서 60곡 정도를 불러 목이 아프잖아요? 그런데도 다음 날 복구가 굉장히 빨라요."

무대에서 노래하는 것 자체가 일종의 단련이 됐다고 말하는 박상민 씨. 최근 몇 년 동안은 코로나19 때문에 그 단련의 시간을 많이 잃어버려 아쉬움이 꽤 컸다고 했다. 박상민 씨뿐만 아니라 많은 뮤지션들이 힘든 시간을 보냈을 터다. 그동안의 설움에 대해 나직이 털어놨다.

"가수든 아니든 다 같이 어려운 거니까요. 그런데 하나 진짜 속상한 건 매일 하던 노래를 오랫동안 거의 못 해서 힘들었어요. 그리고 노래할 기회가 현저히 줄어들다 보니 나중에 진짜 중요한 무대에 섰을 때 가사가 생각나지 않을까 봐 걱정됐죠. 그래도 3개월에 1곡씩은 꼭 신곡을 발표하고 있어요. 꾸준히 노래를 멈추지 않도록 노력을 기울이고 있습니다."

코로나19로 인해 공식적인 무대가 줄었을 뿐, 일은 꾸준히 들어오고 있다고 했다. 금전적인 이득이 있는 일이 아니라 부탁이 많이 들어온다는데, 책임질 가족이 많은 한 집안의 가장으로서 힘든 부분이 있을 것 같았다. 하지만 그는 자신을 찾는 사람이 있다는 것만으로도 너무 행복하다며 웃어 보였다.

"주말에는 축가 부탁을 많이 받아요. 매주 축가를 해주러 전국을 돌아다니고 있습니다. 당연히 의리로요. 솔직히 말씀드릴까요? 다른 연예인들을 보니까 당장 저녁에 돈 버는 행사가 잡히면 미리 약속된 곳에 안 가는 사람들이 있더라고요. 저는 이해를 못 하겠어요. 굳이 생색을 좀 내자면 저는 행사를 취소하고 약속된 곳에 갑니다. 회사에서는 피곤해하죠. 근데 그걸 해주는 게 저한테 대단히 큰 기쁨이에요. 저로 인해 상대방이 기뻐하면 그게 그렇게 행복하더라고요."

기부 천사 박상민

누군가가 행복해하는 모습을 보는 게 자신의 기쁨이자 행복이라 말하는 박상민 씨에게 기부 천사라는 수식어는 정말이지 찰떡같았다.

"마음이 좀 여린 편이에요. 어려운 사람들을 두고 못 보는 걸 부모님한테 물려받은 것 같아요. 부당하고 그런 거 있잖아요? 그럴 땐 또 다혈질이에요. 충분히 도와줄 수 있을 텐데, 주변에서는 왜 가만히 있을까 싶어요."

복지계에 종사하면서 꾸준히 기부하는 사람들을 만나는데, 다들 시작이 어려울 뿐, 한 번 하면 지속하는 사람들이 많다. 기부가 일종의 습관으로 자리 잡은 것이다. 기부 천사 박상민 씨에게 기부의 시

발점은 무엇이었을까?

"「멀어져 간 사람아」가 큰 사랑을 받았어요. 고향에 가서 사흘 동안 콘서트를 한 적이 있거든요. 그때 공연장에 갔더니 플래카드에 '장하다 평택의 아들'이라고 적혀 있더라고요. 너무 뿌듯했죠. 당시 발생한 수익금 전액을 독거노인과 결식아동에게 기부했던 게 시작이었습니다. 그때부터 지금까지 여전히 속으로 이런 생각을 합니다. '박상민, 출세했네'라고요."

1993년 데뷔 당시부터 시작한 기부 활동은 지금도 여전히 계속되고 있다. 그중 가장 눈에 띄는 것은 개그맨 황기순 씨와 함께하는 '박상민·황기순 사랑 더하기' 나눔 활동이다. 휠체어를 타고 서울에서 부산을 종단하며 모은 성금으로 휠체어 52대를 장애인 단체에 기부하면서 시작한 것이 20년이 훌쩍 넘었다. 이후 '사랑의 열매' 홍보 대사를 역임하기도 하는 등 다양한 분야에서 나눔을 이어가고 있다. 그중에서 가장 뿌듯했던 기억은 무엇일까?

"귀가 안 들리는 아이들한테 수술비를 지원했던 게 가장 기억에 남아요. 수술을 무사히 끝내고 나서 '감사합니다'라고 말할 때는 진짜 영화예요. 눈물이 왈칵 쏟아집니다."

누구나 나눔 활동이 세상을 밝게 만들고 선한 영향력을 끼칠 수 있다는 것을 알고 있다. 하지만 머리로 아는 것만큼 뜨거운 가슴으로 실천하기란 어려운 법이다. 기부 천사 박상민 씨에게 더 많은 사람들이 기부 대열에 동참할 수 있게 하려면 어떻게 하면 좋을지 물어봤다.

"어렵게 생각하는 것 같아요. 저는 지금도 여전히 1,000원, 2,000원짜리 모금 방송 ARS가 나오면 전화를 걸어요. 그렇게 사소한 것부터 시작하라고 말하고 싶어요. 어려운 게 아니거든요. ARS로 1,000원, 2,000원씩 한 번만 기부해보세요. 그러면 전신에서 따뜻한 피가 돌 겁니다. 희한하다니까요."

그의 이야기를 듣다 보니 그에게서 뿜어져 나오는 특유의 긍정에너지와 따뜻한 엔도르핀의 원천이 뭔지 조금은 알 것 같았다. 기부 천사라는 수식어가 딱 어울린다고 추켜세웠더니 손사래를 치면서 자신은 그저 노래하는 가수 박상민일 뿐이란다.

"가수 박상민, 그 정도만 해도 저는 대만족입니다. 가수들이 많이 나오는 프로그램에 저를 끼워주는 것 자체만으로도 항상 감사하죠. '박상민 노래 잘하지'라는 정도면 충분히 만족하고요. 앞으로도 '이제 그만해'라는 소리가 나올 때까지 열심히 할 겁니다. 코로나도 빨리 끝났으면 하는 게 제 소원이고요. 노래를 더 많이 부르면 좋겠어요."

좋은 것을 그저 누군가와 나누고 싶었을 뿐이라는 박상민 씨의 나눔 이야기를 통해 '함께'라는 것이 얼마나 큰 의미를 품고 있으며 가치 있는 일인지 실감했다. 나눔의 가치에 대해 다시금 일깨워준 박상민 씨에게 다시 한번 감사하다는 이야기를 전하며 그가 남긴 희망의 메시지로 마무리하고자 한다.

"여러분들! 모두 진짜 고생 많이 하셨고요. 지금까지 잘 견디셨습니다. 조금만 더 견디시면 좋은 일이 올 거라고 저는 분명히 믿습니다. 항상 행복하시고 꼭 건강 챙기세요."

10

봉사와 나눔은
받은 것을 돌려주는 것이다

"봉사와 나눔은 삶의 한 과정이자
꼭 필요한 삶의 일부분이 아닌가 생각됩니다."

임동권 · 이상욱(의사)

재능 기부

'나눔으로 세상과 소통하는 의사'라는 공통점이 있는 임동권 씨와 이상욱 씨는 얼핏 보면 같은 것처럼 보이지만 자세히 들여다보면 기부 양상이 조금 다르다. 임동권 씨로 말할 것 같으면 재능 기부 쪽으로 특화된 사람이다. 코로나19 이전에는 1년에 몇 달씩은 꼭 해외로 의료봉사를 떠나곤 했다. 팬데믹이라는 특수한 상황이 발목을 붙잡는 바람에 예전처럼 해외 의료봉사를 활발하게 할 수 없었던 적도 있지만 여전히 그의 마음은 우리나라를 비롯한 세계 곳곳의 어려운 이들을 향해있다. 반면, 이상욱 씨는 나와 인연이 닿기 전부터 꾸준히 소외된 이웃에게 기부해온 바 있다. 처음에는 친동생의 지인으로 인연을 맺었고 이후로도 몇 번씩 만날 기회가 있었는데, 이런저런 대화를 나누다 보니 나눔 활동에 관심이 많다는 걸 알게 됐다. 급기야 한국장애인재단에 자신이 직접 제작한 샴푸와 에센스 등을 기부하고 싶다는 속내를 밝히기도 했는데, 나로서는 정말 반가운 제안이었다. 그렇게 우리 재단에 기부하기 시작한 게 벌써 3년이 훌쩍 넘었다.

이런 활동들을 꾸준히 하다 보니 봉사와 나눔이 특별한 활동이 아니라 그저 받은 것을 세상에 돌려주는 자연스러운 흐름이라는 생각이 들었다는 두 의사의 이야기. 베풂의 시작을 망설이고 있는 누군가에게 조금이나마 마음의 파장을 일으킬 수 있다면 더할 나위 없이 좋겠다.

나눔으로 세상을 비추다

우리 사회에는 짙은 어둠을 환하게 밝혀주는 빛처럼 삭막한 세상을 밝게 비추기 위해 노력하는 사람들이 많다. 특히 안과 전문의 임동권 씨에게는 '봉사 활동을 통해 세상을 비추는 안과 전문의'라는 별칭이 있다. 1년 중 두 달은 병원 문을 닫고 해외 봉사를 떠난다고 알려져 있는데, 코로나19 때문에 예전보다는 해외로 나가기가 꽤 힘들어졌다.

"하늘을 나는 비행기만 봐도 가슴이 쿵쾅쿵쾅 뜁니다. 예전에는 두 달에 한 번 정도는 해외에 나가서 일주일에서 10일 정도 해외 봉사를 하고 왔는데요. 코로나 이후로는 해외 봉사 활동을 가는 게 어려워진 상태입니다. 제가 늘 가던 곳에는 눈이 안 보이거나 불편해서 저희를 필요로 했던 사람들이 많았는데, 다가가지 못하는 것이 너무 안타까워요. 그나마 최근 들어 세계적으로 코로나가 안정되면서 새로운 봉사 활동을 계획 중입니다."

다시 해외로 봉사 활동을 하러 갈 예정이라면서 상기된 표정을 짓는 그의 얼굴을 보니 언제부터 이런 나눔 활동이 시작된 건지 궁금해졌다.

"안과 수련을 받으면서 하게 됐고요. 안과 봉사 이전에 학생 때는 야간학교 교사를 하면서 봉사를 시작했습니다. 그게 시작이 돼서 수련 과정 중 안과뿐만 아니라 타과도 함께 봉사하는 길을 선택했죠."

애초에 의사라는 직업을 선택한 것에도 나눔 DNA가 발동됐기 때문은 아닐까? 처음부터 나눔에 관한 뚜렷한 목표가 있었던 게 아닌지 물어봤더니 특별히 그런 건 아니라고 했다.

"가만히 생각해보면 형제들과 제가 나이 차이가 좀 많이 납니다. 누님이 제가 초등학교 때 벌써 의과대학을 다니는 나이였거든요. 누님이 공부하는 모습과 어머님이 가족에 헌신하시는 모습을 보고 성장하면서 의사가 되면 참 좋겠다고 생각했어요. 또 의사가 된 이후에는 좋은 사람들을 많이 만났고 그분들이 하는 일을 따라 하다 보니 어느 순간부터 제 삶에서 봉사가 많은 부분을 차지하게 됐습니다."

재능 기부의 일환인 임동권 씨의 의료봉사는 2004년 12월 26일, 인도네시아 수마트라섬 아체주 앞바다에서 일어난 쓰나미가 본격적인 시작이었다.

"그전에는 사실 전공의 과정에 있으면서 제 시간을 낼 수 없는 상황이었어요. 그래서 시간상 제약이 많았죠. 인도네시아에서 쓰나미가 발생했을 때 저희가 꾸렸던 봉사단은 1차부터 6차 정도까지 있었어요. 그중 젊은 의사들로 이뤄진 봉사단이 구성되고 그때 함께 갔던 사람들과 계속해서 뜻을 같이하면서 시작됐던 것 같습니다."

사실 당시는 우리나라에서 해외로 봉사 활동을 가는 봉사팀이 체계적으로 구축된 시절은 아니었다. 어찌 보면 인도네시아에서 발생한 쓰나미가 우리나라의 해외 의료봉사팀이 본격적으로 구축되기 시작한 계기가 된 것이다.

"지금은 상당히 체계적으로 많이 발전했어요. 당시만 해도 무엇을 보내야 하는지, 어떤 사람들이 가야 하는지, 가서 무엇을 해야 하는지 전혀 갖춰지지 않은 상태였습니다. 전체 구호팀 회의라든지 UN에서 주최하는 행사들을 열심히 다니면서 점차 체계적으로 변

하기 시작했죠. 지금은 우리나라 구호팀이 해외 의료봉사의 주역이
된 것으로 알고 있습니다."

그의 의료봉사는 머나먼 타국이 아니라 멀지 않은 곳에서도 이뤄
졌다. 2007년부터 2년 동안 2주에 한 번 정도 북한 금강산 자락에 있
는 온정리 마을을 찾아가 북한 주민 50여 명을 진료했는데, 그 경험
이 꽤 남달랐다고 했다.

"당시 북한의 금강산 온정리는 저희가 관광도 많이 하는 곳이었
고 남북 화해 분위기가 있을 때였죠. 대한민국 의사로서 북한을 방
문하는 의사는 있었어도 현지인을 정기적으로 진료했던 의사는 없
었는데요. 마침 금강산 관광 지구 바로 옆에 있는 온정리 마을의 한
병원에서 북한 주민들을 직접 진료할 기회가 허락됐어요. 우리 병
원에서 사용하는 안과 현미경 시스템도 기증하고, 또 실제로 가서
2주에 한 번씩 7, 8차례 진료했던 것 같습니다. 중간에는 50명 정도
의 사람들에게 백내장 수술도 했어요. 수술 당시 금강산 온정리에
있는 사람들만 온 게 아니라 함흥이나 평양에서도 왔다는 소문이
있었습니다. 처음에는 긴장되고 뭘 해야 할지 막막했었죠. 그리고
차츰 시간이 흐르다 보니 현지 의사들과 학문적인 교류도 하게 됐
고 낯설게 느껴졌던 북한 주민에 대한 경계심도 많이 사라져서 분
위기가 상당히 좋았던 기억이 납니다."

그의 나눔 활동은 국내에서도 역시 꾸준하다. 탈북민들의 안경을 맞춰주거나 병원에 시각장애인을 모셔서 직업을 갖도록 기회를 제공하기도 했다. 이 모든 활동은 어떤 큰 대의나 프로젝트를 갖고 계획했던 건 아니고 주변에 좋은 사람들이 많았던 덕분이다.

"예전에는 시각장애인에 대한 인식이 지금보다 더 떨어져 있던 상태였어요. 그래서 병원에 시각장애인을 고용해 일을 맡기는 것을 두고 우려의 시선이 많았습니다. 어떤 장점이 있을지 저도 의구심이 들었고요. 눈을 고치러 갔는데, 눈이 안 보이는 사람이 있으면 어떤 기분이 들 것이냐 혹은 시각장애인들이 진료 이외의 영역에서 어떤 서비스를 하게 되면 의료법과 상치돼 문제가 되지 않겠느냐 등 여러 가지 검토 사항이 있었어요. 그런 부분을 다각도로 검토한 후에 시각장애인을 헬스키퍼로 고용했어요."

'헬스키퍼Health Keeper'는 기업 등에 설치된 안마 시설에서 직원의 건강관리 등을 담당하는 국가 자격 안마사를 말한다. 지금은 꽤 낯이 익은 단어가 됐지만 당시만 해도 헬스키퍼라는 것이 무엇인지 제대로 인지하는 사람이 많지 않았다. 임동권 씨는 적극적으로 자신의 병원에 시각장애인들을 헬스키퍼로 고용했고 꽤 좋은 반응을 끌어냈다.

"그분들이 수술 전에 환자들의 어깨나 발을 마사지해주면 환자들은 매우 편안해하고 수술을 들어가는 데 안정감이 생겨요. 환자들뿐만 아니라 시각장애인들에게도 좋은 기회가 됐죠. 그전까지만 해도 그분들이 일할 수 있는 장소가 한정적이었는데, 병원에서도 일할 수 있게 되어 여러모로 반응이 좋았습니다."

만족감을 선사하는 나눔의 기쁨

영국 함대와 함께 전권위원으로서 아편전쟁을 지휘하고 승리를 이끌었던 외교관 찰스 엘리엇Charles Elliot은 나눔에 관해 이런 말을 남겼다. "세상에서 찾아볼 수 있는 유일한 만족의 길은 봉사하는 것이다." 하루 이틀도 아니고 꾸준히 봉사에 몰입하며 살아간다는 것은 만족감이 없다면 절대 지속할 수 없는 일이다. 그만큼 느낀 바가 크고 마음의 변화도 상당할 것 같다는 생각이 들었다.

"봉사를 다녀와서 팀원들끼리 총평을 합니다. 들어보면 대부분 비슷해요. 남을 도우러 갔다가 본인이 오히려 치유받고 간다는 생각을 하더라고요. 사람이 태어나면서 기다가 걷다가 뛰는 것처럼 봉사에 대한 마인드도 처음부터 거창한 계획을 세우는 게 아니라 하다 보니 나름의 역할을 하게 되는 것 같아요. 그 역할이 삶에 있어서 방향성을 설정해주고 나아가 작게는 가족, 그리고 제가 속해있는 안과와 저를 알고 있는 사람들의 관계에서 저라는 사람의 존재 의미나 삶의 가치를 알게 되는 경험을 했어요. 어떻게 보면 나눔이라는 것은 삶의 한 과정이자 꼭 필요한 삶의 일부분이 아닌가 생각됩니다."

자신이 제작한 두피 관련 제품을 소외 계층에게 꾸준히 기부해온 이상욱 씨 역시 소소한 나눔에서 시작했지만 그만큼 더 큰 사랑을 받았다며 앞으로도 이 나눔을 이어갈 예정이라고 했다.

"사실 기부에 대해서는 미약하기 때문에 굉장히 부끄러워요. 제가 장애인 단체나 장애인들에게 기부를 이어온 이유는 아무래도 생활환경이 여의치 않아서입니다. 그분들은 탈모와 두피를 캐어하고자 하는 욕구는 있지만 상황이 어려운 것이 사실입니다. 그래서 제가 직접 개발한 샴푸나 토닉, 영양제 같은 것을 보내 조금이라도 도움이 됐으면 하는 마음에서 시작하게 됐죠. 앞으로도 꾸준히 이어갈 예정입니다."

더불어 그는 물질적인 베풂뿐만 아니라 의사로서 자신이 쌓은 지식을 도움이 필요한 사람들에게 적극적으로 나누는 삶을 살고 있다. 윈스턴 처칠Winston Churchill이 이런 말을 한 적 있다. "우리는 일함으로써 생계를 유지하지만 나눔으로써 인생을 만들어간다." 이런 의미에서 이상욱 씨는 나눔이라는 의미 있는 행위를 통해 자기 인생을 적극적으로 만들어가는 멋진 사람이라고 할 수 있다. 대한탈모학회의 학회장이자 모발 이식 수술의 대가라고 불리는 그에게 가장 많이 하는 질문은 역시 '탈모' 관련 상식이라고 한다. 탈모는 나이가 많은 사람들이 고민하는 경우가 대다수일 것으로 생각하나 알고 보면 꼭 그렇지만은 않다고 한다.

"저희 병원에 오는 환자만 보더라도 초등학생부터 70대까지 다양합니다. 하지만 병원에 가장 많이 오는 나이는 20, 30대예요. 나이를 보면 앞으로 사회생활을 가장 많이 해야 하고, 취직도 해야 하고, 결혼도 해야 하고, 할 일이 많은 때입니다. 근데 나이에 비해 머리숱에 문제가 있다, 헤어라인에 문제가 있다, 정수리가 문제가 있다고 생각해 치료의 필요성을 느끼는 연령대가 20, 30대인 거죠. 그래서 그 사람들이 가장 많이 오고 그다음에는 40대, 50대, 60대로 넘어가는 경향이 있어요."

이상욱 씨가 언급한 바와 같이 헤어스타일은 미용 측면에서 많은 사람들의 관심거리다. 그래서 그런지 탈모에 대한 속설이 꽤 많은

데, 의사로서 그 속설에 대해 속 시원히 짚어달라고 부탁해봤다.

"먼저 흰머리는 탈모가 되지 않는다는 말이 있어요. 반은 맞고 반은 틀린 말입니다. 일반적인 탈모에서 흰머리는 탈모가 되지 않는다는 건 통용되는 말이 아닙니다. 하지만 원형 탈모에서는 맞는 말이에요. 원형 탈모는 하나의 질환으로써 자가 아토피, 아토피 건선, 이런 것처럼 자가면역질환입니다. 쉽게 말해 자기의 면역이 자기를 지켜주지 않고 오히려 공격하는 거죠. 근데 흰머리는 자기 면역에 대해 공격을 잘 안 받아요. 왜냐하면 원형 탈모에서 공격받는 핵심은 모낭과 멜라닌 색소거든요. 근데 흰머리는 멜라닌 색소가 없기 때문에 공격을 거의 안 받습니다. 그래서 흰머리가 많은 사람은 원형 탈모가 잘 안 생기는 경향이 있습니다."

속설이라고 하니까 또 하나 생각나는 것이 있었다. 삭발을 하면 모발이 많아진다는 말인데, 그 말을 굳게 믿고 아기들의 머리를 일부러 미는 부모들을 더러 봤다. 하지만 이상욱 씨의 말에 따르면 모낭의 개수는 태어나면서 정해지기 때문에 삭발을 한다고 해서 모발이 많아지는 건 아니라고 했다. 그런가 하면 탈모 치료 차원에서 머리에 소금, 된장, 설탕 등을 바르는 사람도 제법 있다고 했다.

"탈모 치료를 위해서는 우리 몸을 좋게 해주고, 혈액 순환을 개선

하고, 혈액 수치를 더 좋게 하고, 항산화 효과가 있는 모낭 세포가 파괴되지 않게 하는 과정이 더 중요합니다. 근데 그런 것들을 바르면 오히려 두피염을 유발해 탈모를 더 조장할 수도 있으니 지양하는 게 좋습니다."

다음으로 유명한 속설이 두피 마사지나 빗질을 하면 탈모 예방에 도움이 된다는 것인데, 이는 어느 정도는 맞는 말이라고 했다.

"두피 마사지와 빗질을 해서 탈모를 예방하려면 굉장히 많이 해야 해요. 하루에 한 번 할 때마다 5분, 10분씩 해서 여러 번 하는 거죠. 그리고 그 효과는 최소 6개월에서 1년 이상이 돼야 나타날 수도 있습니다."

하루에 머리카락이 100개 이상 빠지면 탈모를 의심해야 한다는 말이 있다. 하지만 전문가가 아닌 일반인들이 육안으로 판단하기에는 쉽지 않다. 아직은 탈모 현상이 뚜렷하게 드러나지는 않지만 스스로가 탈모인지 아닌지 알 수 있도록 자가 진단할 수 있는 방법이 있을까?

"탈모의 자가 진단법이 몇 개 있습니다. 쉬운 방법을 알려드리면 자다가 일어났는데, 머리카락이 벽에 묻어있는 거예요. 대부분의 사람은 한두 개도 거의 없습니다. 보통 하나가 채 안 묻어나요. 근데 자다가 일어났는데, 우연히 하나 정도는 떨어질 수 있겠지만 일주일 동안 봤을 때 여러 날, 한 절반 이상의 날 동안 한두 개씩 계속 떨어져 있다면 의심해볼 수 있습니다. 그다음에 우리가 머리를 감을 때 이미 머리카락이 빠졌기 때문에 말릴 때는 사실 별로 안 빠져야 합니다. 근데 말릴 때도 거의 15개, 20개 이상이 빠진다면 의심해볼 수 있습니다. 그리고 또 쉬운 자가 진단법 중 헤어 풀 테스트라고 있는데, 머리 당김 테스트예요. 몇 가지 방법이 있는데, 머리카락 20개를 잡아서 5개 이상이 빠지면 탈모라 해요. 근데 사실 이건 너무 많아요. 실제로 20개를 잡기도 어렵고요. 애매한 표현이긴 하지만 중간 정도의 힘으로 손바닥을 펴서 손가락 사이에 머리카락을 끼고 정수리를 딱 잡아서 쭉 당겼을 때 2개를 넘어 3개 이상 빠지면 탈모를 의심해볼 수 있습니다. 보통 사람이라면 일반적으로 1개도 잘 안 빠집니다."

이처럼 탈모 관련 지식을 나누고 물질적인 나눔까지 이어가는 행위 속에서 삶의 큰 보람을 느낀다는 이상욱 씨의 진정성 있는 활동은 수많은 이들의 인생을 긍정적인 방향으로 이끌며 새 삶을 선물해주고 있다. 실제로 한 지인은 나의 소개로 이상욱 씨에게 두피 치료를 받고서는 자신감이 생겼고 인생도 좋은 방향으로 바뀌기 시작했다고 한다. 나눔의 선순환이란 바로 이런 게 아닐까? 가만히 생각해보면 기부라는 것의 방향성이 많이 달라지고 있는 것 같다. 예로부터 격언처럼 내려오는 "오른손이 하는 일을 왼손이 모르게 하라"라는 말을 이제는 요즘 식으로 바꿔야 하지 않을까? "오른손이 하는 일을 왼손이 알게끔 하라"라고 말이다. 현금 기부, 현물 기부, 재능 기부, 고액·유산 기부 외에도 최근에는 착한 소비, 윤리적 소비 등 가치 소비와 스타의 팬들이 직접 기부 캠페인을 기획하는 참여형 기부의 일환인 팬덤 기부, '핀테크FinTech'와 '나눔Phlianthropy'의 합성어인 '필테크Phil-tech' 등으로 기부 트렌드가 다양화되고 있다. 기부와 관련하여 모름지기 겸손이 미덕이라는 말은 옛말이 된 지 오래다. 어떤 식으로든 나와 잘 맞는 트렌디한 기부 방식을 찾아 적극적으로 실천해보면 좋겠다.

처음부터 큰 뜻이 있었던 건 아니지만 봉사와 나눔을 실천함으로써 현재에 감사하는 마음과 새로운 기쁨을 맛보게 됐다는 두 사람. 이들의 이야기를 듣다 보니 남을 도울 때 가장 덕을 보는 것은 자기 자신이고 최고의 행복을 얻는 것도 자기 자신이라는 말이 떠오른다. 누군가를 환하게 비추는 삶은 곧 스스로를 밝게 만드는 길이다. 이들이 전하는 따뜻한 이야기를 통해 나눔 스위치를 켜는 사람들이 점차 늘어나길 기대한다.

다양성으로 가득하기 때문에
아름다운 세상

"전반적으로 사람에 대한 존중감이

더 많이 발휘되길 바라봅니다."

김은주(전 국립서울맹학교장)

통합교육

보통 교육기관에 있는 전문가들과 장애인 통합교육에 관해 이야기를 나눠보면 통합교육에 대해 뜬구름 잡는 이야기만 하는 경우가 꽤 있다. 하지만 김은주 씨의 시선은 남달랐다. 통합교육에는 허도 있고 실도 있다면서 솔직한 태도로 균형 있게 이야기하는 모습을 보고 그럴듯하게 타이틀만 내세우는 전문가들과는 확실히 다르다는 느낌을 받았다. 매번 더 나은 방향이 없을까 고민하는 그녀의 모습을 보고 '아! 내가 이래서 이분을 계속 만나고 있구나'라는 생각이 들었다. 좋은 사람과의 만남은 늘 좋은 기운을 불러오는 법이다. 그녀의 이야기 속에서 긍정의 에너지를 많이 발견하길 바란다.

김은주 씨와의 인연을 되짚어보니 벌써 10년이 훌쩍 넘었다. 내가 한국장애인고용공단 이사장으로 재임하던 시절 그녀는 교육부 소속으로 교육행정 분야에 몸담고 있었다. 당시 한 공사석에서 우연히 인연을 맺었는데, 그렇게 만난 사람과 10년이 넘는 세월을 쭉 교류하게 되는 경우는 그리 많지 않을 것이다. 다양한 분야의 사람들과 만나다 보니 단발성 만남이 잦을 수밖에 없는데, 김은주 씨와의 인연은 달랐다. 지금까지 오래도록 인연의 끈이 이어질 수 있었던 이유는 그녀의 열린 마음과 세상을 바라보는 따뜻한 시선이 컸다.

맹학교를 아시나요?

국립서울맹학교 홈페이지에 들어가면 이런 글귀가 가장 먼저 눈에 들어온다. "사랑과 정성으로 가르치고 즐겁게 공부하는 생동감 넘치는 학교." 바로 이 비전을 실천하기 위해 고군분투하고 있는 김은주 씨에게서 맹학교에 대한 다양한 정보들을 들을 수 있었다. 비장애인들에게는 비교적 낯설게 느껴지는 맹학교는 어떤 곳일까?

"서울에 있지만 전국에 있는 모든 시각장애인이 올 수 있는 학교입니다. 전혀 볼 수 없는 전맹 학생과 저시력으로 조금 보이지만 일반적인 방법으로는 공부하기 어려운 저시력 학생이 오는 특수학교예요. 영아부터 유치원, 초등학교, 중학교, 고등학교, 그 이후 과정이 특수학교 안에 있어요. 중복 장애 아이들을 위한 자립 생활 전공과가 있고 캠퍼스가 2개 있습니다. 그래서 어린아이들과 중·고등학교 아이들은 종로에 있는 캠퍼스에 있고, 용산의 삼각지역 부근에도 캠퍼스가 하나 있는데, 거기는 중도 실명한 어른들이 있어요. 그래서 거기에는 20대부터 가장 나이가 많은 71세 분도 있습니다. 이료 전공과라고 해서 안마사 자격을 받는 2년 과정과 심화 과정도 있어요. 학점 운영을 하는 3년제 과정도 있고요."

2019년은 대한민국 임시정부가 수립된 지 100주년이 되는 해였다. 그런데 맹학교의 역사가 무려 100년이 훌쩍 넘었다는 사실을 알고 깜짝 놀랐다. 대한민국의 역사와 함께 발맞춰 가고 있는 맹학교의 역사가 더욱 궁금해지기 시작했다.

"1913년에 설립된 제생원에 대해 들어봤을 거예요. 서민들을 위한 의료 기관이었는데, 제생원 맹아부로 개교해 현재는 100년이 훌쩍 넘었죠. 처음에는 맹아부라고 해서 시각장애인들과 청각장애인들을 같이 가르쳤고요. 그러다 1959년에 두 학교로 나뉘었어요. 지금은 바로 옆에 붙어있습니다. 이렇게 긴 역사를 자랑하다 보니 사회 곳곳에서 제 역할을 다하고 있는 동문들이 많아요. 국회의원도 있고 교수, 총장도 있고, 또 법조계에 있는 사람들도 있고, 다양한 일을 하는 동문들이 많습니다."

아무래도 시각장애 학생들은 일반 학교에서 비장애인 학생들과 동일한 교육과정을 이수하기가 쉽지 않은 편이다. 그렇기에 맹학교가 생겼고 그 역사 또한 오래 지속됐다. 맹학교의 교육과정은 어떨까?

"우리 학교에서는 여러 과정이 모두 이뤄지고 있습니다. 국가 수준의 공통 교육과정을 적용해도 되는 단순 시각장애인 학생들이 있기 때문이에요. 이 아이들은 어려서부터 장애가 없는 친구들과 똑같은 교육과정으로 공부해 대학에 진학합니다. 그래서 고등학교에서 인문 과정 공부를 하고요. 중학교까지는 똑같이 공부하다 고등학교에서 대학 진학보다는 시각장애인으로서 전문적인 영역으로 이료理療를 택하기도 하죠. 그다음에는 시각 장애가 있으면서 지적 장애나 자폐 등이 있는 중복 장애 학생들이 있어요. 그 학생들을 위한 특수학교 교육과정도 운영되고 있습니다."

학생들이 만족할 수 있는 수업을 제공하려면 점자 교과서 외에도 촉각을 이용한 수업 등 다양하고 체계화된 부분들이 조화를 이뤄야 할 것 같은데, 다행히 이런 부분 또한 교육과정에 잘 녹여내고 있었다.

"1차적으로 선생님들이 자세하게 설명해주시고요. 그다음에 촉각을 통해 아이들이 점자 교과서를 이용하고 또 모형 등을 촉각으로 확인하기도 합니다. 또한 저시력 학생들이 반 정도 되는데, 뒤늦게 전학 오는 아이들이 저시력인 아이들이 많아요. 이런 아이들은 묵자 매체를 이용합니다. 독서 확대기 같은 보조공학기기를 이용해 확대한 화면을 보면서 공부하죠."

우리나라의 국가 공인 마사지사 자격증은 시각장애인만 취득할 수 있다. 그렇기에 맹학교에서 이뤄지는 이료 과목을 모든 학생이 다 이수하게 돼있는지 궁금했는데, 요즘은 달라졌다고 했다.

"언젠가부터 인문 과정, 이료 과정으로 나뉘면서 고등학교 때 선택을 하게 됩니다. 그래서 대학에 진학하는 학생들은 이료 과목을 굳이 공부 안 해도 되고요. 대학 진학보다 안마사 자격증을 따서 바로 취업하겠다고 하는 학생들도 있어요. 사실 요즘은 장애 특별 전형 때문에 대학에 진학하기가 수월해졌어요. 그래서 이료반을 선택하는 학생들도 대학을 많이 갑니다. 근데 대학에 갔다가 적응하기 어려우면 안마사 자격증이 있으니까 안마사로 활동하기도 합니다."

통합교육의 이모저모

통합교육은 장애 아동이 장애의 유형이나 정도에 따라 차별받지 않고 또래와 함께 개인의 교육적 요구에 적합한 교육을 받는 것을 말한다. 장애 학생과 비장애 학생의 교육 공간을 물리적으로 통합하는 것을 넘어 교육과정 및 사회적 통합까지 세심하게 고려돼야 하기에 전방위적인 관심이 필요하다. 따라서 이 부분에 있어 가장 관심이 많은 사람은 아무래도 장애 아동을 키우는 부모일 것이다.

'일반 학교에 보내서 비장애인 친구들과 어우러지게 하는 것이 좋을까, 아니면 맹학교에 보내서 특수교육을 받게 하는 것이 좋을까?' 하는 고민의 기로에 서있는 부모님들을 볼 때마다 김은주 씨는 안타깝고 속상한 마음이 들었다.

"중간에 전학을 오는 학생들을 보면 굉장히 안타깝고 속상해요. 집에서 가까운 일반 학교에서 또래들과 잘 지낼 수 있으면 너무 좋은데, 맹학교에 전학 온 걸 보면 애가 뭔가 힘들구나, 학습하는 데 필요한 지원들이 제대로 안 되고 있구나 하는 생각이 첫 번째로 들고요. 두 번째는 친구들 사이가 어려운 거죠. 때때로 장애 학생은 주변 친구들의 도움이 필요할 때가 있어요. 하지만 이 친구들도 무조

건 도와줘야 하는지, 도와줘야 한다면 어떻게 도와줘야 하는지 방법을 모르니 아이는 계속 자존감이 떨어지고 학습 진도도 떨어지게 됩니다. 일단 부모님께는 일반 학교에 먼저 다녀보고 나중에 선택하면 좋겠다는 말씀을 드리긴 하지만 가장 중요한 건 아이 마음이에요. 부모님이나 다른 사람들의 이야기보다도 아이의 반응이나 의견을 존중해 결정했으면 좋겠습니다."

김은주 씨는 맹학교의 교장으로 부임해 장애 아동을 교육하다 보니 오히려 장애와 비장애 학생들을 구분해서 생각하지 않게 됐다고 했다. 어떤 학생이든 한 인격체로 존중해주는 그 자체가 중요하다고 생각한 것이다.

"존중하는 마음이 있으면 모든 게 매끄럽게 잘 흘러가지 않을까요? 한 명 한 명의 소중함을 알고 인격체로 존중하는 마음이 있으면 학생을 이해하려고 할 거예요. 발달 장애 학생들의 예측하지 못한 돌발 행동 때문에 밖으로 데리고 다니지 못하는 분들이 있잖아요? 아이의 행동이나 표현들 모두 아이 나름대로 다 의미가 있는 소통의 수단이에요. 그 아이가 어떤 식으로 표현하든 존중하는 마음이 있으면 좋겠어요. 장애인뿐만 아니라 다문화 아이도 그렇고 탈북 청소년도 그렇고 학교에 잘 적응하지 못해서 따돌림 당하고 소외당하는 경우가 꽤 많거든요. 학교나 사회 전반적으로 한 학생, 사람에 대한 존중감을 더 많이 발휘했으면 좋겠다는 생각이 듭니다."

국립서울맹학교의 역사는 곧 국내 시각장애인 특수교육의 역사라고도 볼 수 있다. 시각장애인들에게 없어서는 안 될 필수 한글 점자가 있는데, 바로 '훈맹정음訓盲正音'이다. 세종대왕이 백성을 사랑하는 마음으로 만든 훈민정음처럼 '눈먼 이들을 가르치는 바른 소리'라는 뜻으로 훈맹정음이라 칭했다고 한다. 시각장애인을 위한 글자인 점자를 이용해 1926년 서울맹학교 교사였던 송암 박두성 선생이 창안했다고 알려져 있다.

"1920년대이니까 일제강점기 때죠. 그때 송암 박두성 선생님이 제자들과 비밀리에 조선어점자연구위원회를 조직해 한글 점자를 수년간 연구한 끝에 1926년에 널리 알리셨습니다. 그렇게 우리 학교에서 만들어진 훈맹정음은 너무나 잘 만들어져 100년 가까이가 지났음에도 그 원형 그대로 쓰고 있습니다. 매년 여름이 되면 동문과 시각장애인들이 모여서 박두성 선생님을 기리는 식도 거행하고 있어요."

신드롬급 인기를 끌었던 드라마 「이상한 변호사 우영우」를 통해 장애인의 삶과 그들을 바라보는 사회 인식 등이 화두로 떠올랐었다. 다양성을 존중하고 서로간의 생각을 열린 마음으로 공유하는 움직임이 참 반갑게 느껴졌다. 김은주 씨 역시 긍정적인 변화의 흐름이 느껴진다고 했다.

"기회를 동등하게 주려는 노력이 생기다 보니 이제 공무원 시험에도 잘 붙어요. 저희 시각장애인 중에 교사인 분들이 꽤 있거든요. 시각장애인 특수학교 교사뿐만 아니라 그냥 일반 학교의 영어 교사, 국어 교사 등 많이 배출되고 있어요. 다양한 분야로 취업하고 있습니다."

그럼에도 불구하고 김은주 씨는 여전히 우리에게 남은 과제가 많다고 한다. 장애인을 주인공으로 다룬 재밌는 작품을 통해 소외된 이들이 조명받는 것 자체는 반가운 일이지만 반짝 관심은 그 누구에게도 도움이 되지 않고 상처만 남길 뿐이기 때문이다. 더불어 그녀는 시각 장애와 청각 장애를 겸한 '시청각장애인'에 관한 사회적 관심이 현저히 부족한 것 역시 걱정이자 꼭 해결해야 할 숙제로 손꼽았다. 최근 시청각장애인을 별도의 장애 유형으로 규정하고 그들의 장애의 특성 및 복지 욕구에 적합한 서비스를 제공받을 수 있도록 하는 방안이 학계와 정부에서도 논의 중이다. 그런 사회 움직임에 발맞춰 김은주 씨는 꼭 의미 있는 일을 해보고 싶다고 했다.

"제가 벌써 특수교육 분야에 종사한 지 40년 가까이 됐더라고요.

그런데 '왜 사람들은 장애를 못 받아들일까? 나와 조금 다르면 거부하고 자기와 비슷하거나 좋아하는 것만 추구할까?'라는 생각이 들면서 장애에 대한 것을 쉽게 풀거나 다가설 수 있는 글을 써보고 싶어요. 언제 이뤄질지는 모르겠지만 특수교육을 전공한 사람으로서 장애를 잘 모르는 사람들이 쉽게 이해할 수 있는 책을 꼭 한번 써보고 싶다는 소망이 있습니다."

김은주 씨는 우리가 살아가는 이 세상은 다양성으로 가득하므로 아름답다고 생각한다. 주변 사람들을 있는 그대로 인정하면서 받아주는 사회가 될 수 있도록 따뜻한 마음을 갖는 일이 꼭 필요하다는 말이 오래도록 가슴을 울린다. 그녀의 치열한 고민과 정성이 지금처럼 오래 지속되는 한 그녀가 꿈꾸는 다양성으로 가득한 세상은 머지않아 곧 다가올 거라고 확신한다.

12

그녀가 그리는 세상이
아름다운 이유

"안 예쁜 사람이 없었고 모두 다 예뻤기 때문에

캐리커처를 그리고 싶었어요."

정은혜(캐리커처 작가 겸 배우)

평일에는 바빠서 가정에 집중하지 못할 때가 많은 나는 주말이면 꼭 아내 옆에 붙어서 사랑꾼 역할을 자처한다. 그렇게 주말 동안 아내와 붙어있다 보니 아내가 즐겨 보는 드라마를 함께 보는 경우가 많다. 그리고 노희경 작가의 드라마 「우리들의 블루스」를 접하게 됐다. 장애인 복지에 몸담고 있다 보니 이 작품이 나에게는 남다르게 다가왔다. 다른 작품들에서는 쉽게 볼 수 없던 특이한 배우들이 나를 사로잡았다. 농인 배우 이소별과 다운증후군 배우 정은혜, 두 사람은 실제 자신과 같은 장애인 캐릭터를 연기하면서 드라마의 리얼리티를 한층 더 높였다. 그리고 그중 참 인상적이었던 정은혜 씨를 직접 만나보니 드라마 속 캐릭터 '영희'가 곧 그녀 자체라는 걸 알 수 있었다.

인터뷰를 하기로 한 날 스튜디오 문을 열고 들어오던 그녀의 손에는 묵직한 뭔가가 들려 있었다. '저게 뭘까?' 호기심 어린 눈빛으로 바라보던 중 그녀가 나에게 그림 하나를 건넸다. 자세히 보니 웬 이상한 아저씨 하나가 나를 바라보고 있었다. 그녀가 말하길 그게 나라고 했다. 인터뷰 일정이 잡히자마자 인터넷에서 내 사진을 찾은 후 몇 시간 동안 바라보며 그림을 그렸다고 했다. 나는 괜히 그녀에게 툴툴거렸다.

"기왕 그릴 거면 조금만 더 잘생기게 그려주지!" 말은 이렇게 했지만 실은 정말 고마웠다. 만남을 허투루 생각하지 않는 그녀의 마음이 참 예뻤다. 그녀의 그 예쁜 마음이 다른 사람들에게도 온전히 전해지면 좋겠다.

드라마 「우리들의 블루스」

아마도 다운증후군이 있는 캐리커처 작가이자 배우라고 하면 '정은혜'라는 이름이 단박에 떠오를 것이다. 2022년의 봄을 따뜻하게 만들어준 드라마 「우리들의 블루스」에서 다운증후군이 있는 '이영희' 역할로 대중들에게 눈도장을 확실하게 찍은 그녀다. 보통은 비장애인 배우가 장애인을 연기하는 것이 관례인데, 이 드라마에서만큼은 장애인 당사자가 직접 자기 모습을 연기해 큰 화제가 됐다. 비장애인 배우가 장애인 연기를 하는 것을 두고 서구에서는 '장애 있는 것처럼 행동하기'라는 뜻의 '크리핑 업 Cripping up'이라고 부른다. 영화나 드라마에서 아시아계 혹은 흑인 역할을 각색해 백인 배우가 연기하는 걸 두고 '화이트워싱 Whitewashing' 이라 부르며 비판하곤 하는데, 이와 비슷한 맥락으로 크리핑 업을 비판하는 목소리가 종종 들려온다. '장애인 역할을 꼭 비장애인 배우가 해야 할까? 당사자인 장애인 배우가 직접 연기하는 모습을 왜 자주 볼 수 없을까?' 심심찮게 제기되는 질문 속에서 정은혜 씨의 활약을 보니 반가운 마음이 들었다. 연기를 어쩜 그리도 맛깔나게 잘하는지. 연습을 얼마나 했을지 궁금해 질문을 던져봤더니 더듬거리면서도 자신 있는 말투로 대답했다.

"대본을 보면서 읽고 또 읽고 외우고 하니까, 안 보고 저절로 하는 거죠. 긴장도 없이 떨림도 없이 그냥 뭐 타고났어요."

어깨를 들썩이며 너스레를 떠는 그녀의 모습이 나에게는 즐거움으로 다가왔다. 드라마 속 이영희라는 인물은 그림 그리기와 뜨개질을 즐겨 하고 사람들과 잘 어울리면서 춤도 활발하게 추는 모습이 인상적이었는데, 실제 모습이 거의 그대로 녹아난 것이라고 했다. 노희경 작가가 정은혜 씨와 여러 번 만나면서 그녀가 진짜 좋아하고 잘하는 것들을 대본에 그대로 녹여냈기 때문이다. 어쩐지 너무 자연스러워서 신들린 연기력을 지닌 대단한 배우가 나타났구나 싶더라니, 그녀의 다음 연기 행보가 벌써 기다려진다.

본업은 캐리커처 작가

정은혜 씨의 손길을 거친 캐리커처를 보면 감각적이면서 독특하다는 느낌이 물씬 들었다. 그녀는 언제부터 그림을 그리기 시작했을까?

"2016년 8월부터 그리기 시작했어요. 양평군 문호리 '리버마켓'에서 '니얼굴'이라는 셀러로 참여하면서 약 2,000명의 그림을 완성했죠. 그 이후에도 계속 그림을 그려서 현재는 4,000명 정도의 캐리커처를 완성했어요. 코로나 때문에 한동안 못 갔는데, 드라마「우리들의 블루스」가 방영되고 나서 저를 찾는 사람들이 많아져 다시 나가기로 했어요."

정은혜 씨와의 수월한 인터뷰를 위해 그녀의 아버지이자 그녀가 출연한 다큐멘터리 영화「니얼굴」을 연출한 서동일 감독에게 좀 더 자세히 그녀와 그림의 만남에 관해 물어봤다.

"은혜 엄마와 사랑의 언약을 하면서 은혜가 15살 때부터 함께 살게 됐고, 큰 노력을 했어요. 학교도 좋은 데 보내려고 했고 언어 치료 같은 더 나아지기 위한 노력을 많이 했음에도 불구하고 은혜가 성인이 되고 20대 중반이 됐을 때 지역사회 어느 곳도 갈 곳이 없고 할 일이 없었어요. 자기 방에 들어가 뜨개질을 하면서 불편한 시선들에 대한 스트레스를 상상의 친구들을 불러내 혼잣말로 소리 지르고 싸우는 모습들을 자주 보였죠. 은혜를 바라보면 미래가 암울하고 아무런 희망도 보이지 않았어요. 그러다 은혜가 혼자 그린 그림을 우연히 본 거예요. 근데 그림의 선이나 스타일이 너무 독특해서 '은혜한테 이런 면이 있었네. 그림을 조금 더 그리게 해볼까?'라는 생각이 들었죠. 근데 혼자 방구석에서 그림을 그리게 하는 것보다 좀 더 많은 사람들 속에서 그리게 하고 싶었어요. 사람 얼굴을 그렸기 때문이에요. 그리고 마침 문호리에서 리버마켓이라고 하는 프리마켓이 열려 거기에 은혜를 데리고 가 니얼굴 셀러로 참여시켰죠."

그렇게 그녀는 문호리에서 열리는 문화 장터인 리버마켓에서 본격적으로 그림을 그리기 시작했다. 연필이나 샤프로 사람들의 얼굴을 그리기 시작한 게 그녀의 인생을 이렇게까지 바꿔놓을 줄은 꿈에도 몰랐다. 그렇게 리버마켓의 한 부스에 '니얼굴 은혜씨'라는 팻말을 달고 사람들의 얼굴 캐리커처를 그려주며 난생 처음 모르는 사람들과 인간적인 교감을 나눴다. 장애가 있는 자신을 바라보는 사람들의 시선이 늘 부담스러웠는데, 그림을 그림으로써 시선 강박에서 비로소 벗어날 수 있었다. 그림이 그녀에게 자유를 선물한 것이다. 그 자유가 얼마나 좋았던지 힘든 것도 모르고 그림 그리기에 몰입했다.

"거기는 강가 근처 야외예요. 여름에는 땡볕 아래에서 에어컨도 없이 그 뜨거운 햇볕을 다 견뎌내며 사람들을 맞이하고 그림을 그려야 했죠. 겨울에는 강바람을 맞고 그 추위를 견디면서 그려야 했고요. 이 현장이 너무 힘들어서 오히려 제가 포기하고 싶었는데, 은혜가 그 열악한 현장을 꿋꿋이 견뎌내며 그림을 그리고 있더라고요. 그 모습을 지켜보면서 처음에는 아빠의 마음으로 '우리 딸이 자기 삶을 살고 싶구나. 그런 의지를 이렇게 그림으로 그려내고 있구나. 이 마음을 응원해주고 싶다'라는 생각이 들었습니다."

정은혜 씨는 그림 그리기를 통해 사회적 관계가 확장되면서 점차 달라지는 모습을 보였다. 셀러들과의 유쾌한 만남 속에서 적극적으로 자기표현을 하기 시작한 것이다. 그녀의 인생을 180도 바꾼 그림을 어떤 식으로 배웠을지 궁금해서 물어봤더니 따로 배운 적은 없다고 했다. 기초적인 미술 도구를 활용하는 법 이외에 별도의 미술 교육을 받은 적이 없다는 걸 보니 신이 내린 재능의 소유자가 아닐까 싶었다.

그런데 왜 하필이면 '사람'을 그리기 시작했을까? 세상에 널린 게 그림 소재일 텐데 말이다. 조심스레 질문을 던지는 나에게 그녀는 단호하게 "예쁘니까!"라는 말로 내 입을 닫게 만들었다. 안 예쁜 사람이 없었고 모두 다 예뻤기에 당연히 그리고 싶었다는 말이 뭉클하게 다가왔다. 처음 정은혜 씨가 내밀었던 나의 초상화를 보고 실물보다 못생기게 그린 것 같아 살짝 삐쳤던 마음이 사르르 녹는 기분이었다. 어떤 얼굴이든 다 예쁘고 아름답다는 그녀의 말은 외모 지상주의가 만연한 현 세태에 많은 생각을 하게 만든다. 그리고 이내이런 결론에 다다랐다. '그래, 어떤 얼굴이든 다 그만의 개성이 있고예쁜 거지. 못생긴 얼굴이 어디 있나. 사람의 마음이 못난 거지.'

사회적 모델에 대하여

서동일 씨는 정은혜 씨와 가족이 된 후 장애인 가족의 일원으로 살아가면서 새롭게 느낀 감정들이 많았다.

"사실 발달장애인이라고 하는 존재는 세상 어느 곳에도 쉽게 속하지 못하고 무시와 무관심이 지배적인 삶을 살아가는 경우가 많습니다. 세상에 누구도 이들을 기꺼이 초대해주지 않고 사회적 존재가 아니라 개인적 존재로 삶을 살 수밖에 없는 존재론적 한계가 있는 사람들인데, 은혜도 마찬가지였어요. 근데 은혜가 예술을 도구로 삼아 어느 곳에도 속하지 못하는 자신의 경계를 스스로 확장하고, 또 아티스트로 성장하면서 그동안 자신을 초대해주지 않았던 세상 사람들을 자신의 경계 속으로 초대했어요. 스스로 세상의 중심이 되는 경험을 하게 됐습니다."

우리가 장애인에게 마음의 문을 열고 세상이 변해야 하는데, 오히려 정은혜 씨가 자기 삶에 사람들을 초대했다는 말이 인상적이었다. 발달장애인의 사회적 소통이 어려운 이유는 이 세상은 언어적 소통 중심이기 때문이다. 그들의 비언어적 소통 방법에 우리가 익숙해지면 훨씬 자연스럽게 소통할 수 있을 텐데, 여전히 그 부분에는 무지한 점이 있는 것이 사실이다. 사회적으로 학습할 수 있는 제도가 제대로 성립돼있지 않은 탓이 클 것이다.

"그런 상황에서 예술이 발달장애인의 삶에 얼마나 큰 역할을 하고 어떻게 은혜가 사회적 존재로 성장할 수 있었는지 많이 느꼈습니다. 그래서 「니얼굴」이라는 다큐멘터리 영화를 통해 보여주고 싶었습니다. 은혜가 열악한 환경 속에서도 꿋꿋하게 싫다는 소리 한마디 없이 즐겁게 그림을 그리는 행위 자체가 이 사람의 어떤 의지라고 생각했어요. 자기 존재를 알리고 자기 삶을 살고 싶어 하는 의지의 표현이라는 생각이 들어서 그림을 그리는 손, 표정, 이런 것들을 클로즈업으로 찍어 영화에 많이 담았습니다."

사회복지 분야에서 장애를 바라보는 대표적인 시각에는 2가지가 있다. '의료적 모델'과 '사회적 모델'이다. 쉽게 말해 의료적 모델은 장애를 개인이 가진 문제로 취급해 장애인을 보호의 대상이자 복지를 베풀어야 하는 대상으로 바라보는 관점이다. 이 시각은 장애를 개인의 문제로 취급해 장애인을 보호의 대상으로 바라보고, 사회화에 힘쓰기보다 복지를 베풀어야 하는 대상으로 인식한 단계다. 장애인 개인의 극복 의지와 전문가의 지원을 더 중시하는 것이다. 반면, 사회적 모델은 장애를 사회적인 문제로 인식해 모두가 함께 대처해야 할 인간적 주체로 본다는 점에서 의료적 모델과는 확연한 차이가 있다. 장애는 개인의 부족함이 아니라 사회적인 환경과 인식이 장애인에게 다가가 바뀌지 않은 것이다.

사회적 모델

나는 수십 년 동안 장애계에 몸담고 일하면서 장애를 바라보는 시선이나 장애 관련 정책의 숱한 변화를 접했다. 참으로 다행인 점은 단지 의료적 모델에 머물지 않고 사회적 모델 쪽으로 장애인을 바라보는 관점이 바뀌는 추세라는 것이다. 장애는 틀린 것이 아니라 조금 다른 것일 뿐이며 더불어 살아갈 수 있도록 문턱을 낮추는 움직임이 필요하다는 것에 동의하는 사람들이 늘어가고 있다. 1995년 영국 유학 초기, 런던 그리니치대학교의 연구실에서 사회적 모델의 선구자인 마이클 올리버 교수와 몇 번 만나 장애 관련 토론을 했었다. 그때까지만 해도 사회적 모델이 주류를 이루는 사회는 아득히 먼 꿈처럼 느껴졌다. 하지만 그로부터 25년이 훌쩍 넘은 지금, 우리 사회의 장애인에 대한 인식의 결이 사뭇 달라졌다는 걸 체감하고 있다. 그런데 서동일 씨의 이야기를 통해 정은혜 씨가 세상 밖으로 나오게 된 과정을 세세하게 듣고 보니 더 적극적인 우리의 노력이 필요하다는 생각이 들었다. 의료적 모델이나 사회적 모델 같은 용어에 천착할 필요가 무어 있겠는가. 동시대를 살아가는 모든 인격 주체들이 장애를 특별함으로 인식하지 않는 날이 올 수 있도록 우리 사회가 하나의 가족이라는 생각으로 서로의 손을 잡아줬으면 한다. 그날이 조속히 다가오길 바라면서 오늘도 한 걸음씩 앞으로 나아가보자.

영국을 비롯한 유럽에서는 장애인 관련 현재 서비스 방식인 '기관 서비스 제공'에서 장애인 당사자에게 그 예산을 주고 직접 서비스를 선택하고 통제하는 '개인 예산제'가 정착된 나라도 있다. 아직 우리에겐 갈 길이 멀지만 그날이 점차 가까워지길 기대해본다.

13

외면받던 아빠에서
사랑받는 아빠로

"가정의 행복이 곧 사회의 행복이고
사회의 행복이 곧 가정의 행복이 됩니다."

김기탁(아빠 육아 개선 활동가)

아빠의 몫

확실히 세상이 달라졌다. 육아휴직은 주로 여성들이 하는 것이라는 분위기가 팽배했는데, 요즘은 남성들도 적극적으로 육아휴직을 선택한다. 남성이 육아를 도와준다는 말은 이미 고릿적 이야기가 된 지 오래다. 사실 분위기가 바뀐 것은 그리 오래되지 않았다. 이런 변화의 발걸음을 이끈 나라가 있으니, 바로 스웨덴이다. 스웨덴은 50여 년 전부터 서구 사회 최초로 남성과 여성이 모두 육아휴직을 사용할 수 있는 제도를 도입했다. 한쪽의 선택을 강요하지 않고 일과 가족의 조화, 균형을 장려하는 것을 목표로 삼은 것이다. 하지만 시행 첫해 육아휴직을 사용하는 남성은 500여 명에 불과했다. 분위기를 바꾸는 게 쉽지 않았다. 이후 1995년 스웨덴 정부는 부모 각자에게 육아휴직 1개월씩을 할당하는 '엄마 할당제'와 '아빠 할당제'를 도입했다. 스웨덴뿐만 아니라 노르웨이, 아이슬란드도 '아빠 할당제'를 두고 있는데, 육아휴직 급여가 상당히 높은 편이다. 2022년 9월 기사 기준 국회입법조사처 발표에 따르면 육아휴직 급여 상한액이 스웨덴은 월 1,030만 원, 아이슬란드는 547만 원, 노르웨이 704만 원으로, 이들 나라 모두 합계출산율이 1.5명 이상이었다. 북유럽에서는 이런 꾸준한 관심과 제도의 변화 덕분에 가족 관계가 개선되고 이혼율도 더 이상 증가하지 않는 효과가 나타나고 있다. 여기서 알 수 있듯이 인식 개선을 위해서는 지속적인 관심과 노력하는 일이 필요하다. '아빠 육아 개선 활동가'라는 이름으로 활동 중인 김기탁 씨. 주변에서 이런 사람들의 목소리가 많이 들릴수록 우리 사회는 더 발전적인 방향으로 바뀌지 않을까? 그런 의미에서 김기탁 씨의 이야기에 귀를 기울여보자.

❖

나는 육아랜서다

외면받던 아빠에서 사랑받는 아빠로 새로운 삶을 사는 사람이라고 스스로를 소개하는 아빠 육아 개선 활동가 김기탁 씨. 동안에 소년미가 물씬 풍겨 아빠라고 말하지 않으면 학생이라고 생각했을지도 모를 일이다. 벌써 결혼 8년 차에 아이 둘의 아빠라는데, 인사를 나누면서 흥미로운 단어가 귀에 꽂혔다. '육아랜서.' 알 듯 말 듯 알쏭달쏭한 이 단어는 무슨 뜻일까?

"육아와 프리랜서의 합성어예요. 육아랜서라고 제가 만들었습니다. 육아를 자유롭게 즐기며 활동하는 사람이라고 부가적인 설명을 하죠. 우리 사회의 아빠 육아 인식 개선 활동 및 관계 부처 육아 관련 정책 아이디어를 제공하고 실천하며 강의 활동도 하고 있습니다."

원래 김기탁 씨는 평범한 직장인이었다. 아내가 계약직이었는데, 출산 후 강제로 계약이 종료되다시피 퇴사를 하게 되면서 외벌이가 될 수밖에 없었다.

"당시 경제적으로 부담을 느끼면서 어떻게 하면 더 나은 가정을 만들 수 있을까 고민했습니다. 그러던 끝에 육아휴직을 사용하기 힘든 회사 실정을 깨닫고 아내와 상의 없이 퇴사를 결정했어요. 이후 사업을 하기로 결심했는데요. 없는 살림에 은행 대출과 지인, 가족들에게 돈을 빌려 사업을 시작했어요. 하지만 관리 부족으로 실패를 경험했죠. 빚더미에 앉았습니다. 사업을 이유로 아내와 아이는 등한시한 채 노력했지만 결국 사업도 아내도 아이도 모두 힘들어졌죠. 아내가 극심한 우울증으로 나쁜 생각까지 하기에 이르렀습니다. 그 후 회사로 돌아가면 같은 일이 반복될 것 같아 육아를 병행하며 아내 케어까지 가능한 플랫폼 노동과 '100인의 아빠단' 활동을 시작했습니다. 그렇게 아빠 육아를 배우면서 가정의 행복을 차츰 찾게 됐어요. 저처럼 힘들었던 사람들을 위해 내가 할 수 있는 것이 무엇인지 찾다가 지금의 아빠 육아 개선 활동가, 육아랜서로 활동하고 있습니다."

현재의 왕성한 활동에 영향을 준 것이 좌절의 경험이었다니, 같은 아빠로서 마음이 아팠다. 그래도 지치지 않고 꾸준하게 사회 활동을 이어가는 것이 인생의 선배로서 참 기특하다는 생각마저 들었다. 그렇다면 구체적으로 어떤 활동을 하는 걸까?

"우선 제 본업은 남편이자 아빠고요. 육아, 결혼과 관련된 부모

특강과 부모들의 자존감 관련 오디오 방송을 진행하면서 강연도 하고 있습니다. 대외적으로는 보건복지부 청년 정책 특별위원으로서 청년들을 위한 정책 제안 활동을 하고, 100인의 아빠단에서 아빠들의 멘토로서 성장 미션을 제시하는 활동을 하며 아빠들과 소통하고 있습니다. 그 외에 육아에 대한 사회적 시선들을 바꾸기 위해 방송 출연 및 칼럼 크리에이터, 오디오 작가 등에 도전하고 있어요."

남성의 육아휴직을 바라보는 시선

사실 나는 육아에 있어서는 빵점 아빠였다. 바쁘다는 핑계로 아내와 어머니께 모두 떠넘기고 살아왔다. 아빠 육아 개선 활동가라는 직업은 내가 막 아빠가 됐을 무렵을 떠올려보면 상상할 수 없는 직업이다. 아무리 사회가 달라졌다지만 김기탁 씨 역시 꽤 많은 어려움에 봉착했을 것이다. 그럼에도 불구하고 새로운 분야를 개척해 활동하는 것에 대해 자부심도 상당할 거란 생각이 들었다. 그동안의 과정을 돌아보며 어떤 생각들을 주로 했는지 물어봤다.

"첫 번째는 자신과의 싸움이었어요. 아이도 하나의 인격체로 인정하고 보호해야 할 대상이기에 내가 아닌 타인을 양육하면서 스스로 제어해야 하는 상황들이 어려웠죠. 두 번째는 사회적 관점의 시선들이에요. 아이를 양육하는 부모로서 어린아이들을 데리고 다니다 보면 제어하기 힘든 부분들이 많아요. 근데 그게 꼭 부모 잘못인 것처럼 느껴지는 사회적 시선들이 있어요. 또 부모가 아이들과 마음 편히 시간적 여유를 보낼 수 있는 사회적 환경이 잘 조성되지 않은 부분들이 어려운 게 현실이에요.”

그래도 육아에 관해 분위기가 확실히 달라지고 있는 것이 사실이다. 내 주변만 봐도 남성이 육아휴직을 하는 경우를 예전보다 훨씬 자주 볼 수 있기 때문이다. 내가 체감한 만큼 실제로도 변화의 흐름이 이뤄지고 있을까?

“그렇습니다. 코로나 여파로 육아휴직을 선택하는 남성들이 많이 늘었어요. 남성 육아휴직자는 해마다 꾸준히 증가하고 있어요. 고용노동부 자료에 의하면 2018년부터 2020년까지 여성 육아휴직자는 3년 동안 8만 명대에 그치는가 하면, 남성 육아휴직자는 매년 5,000명씩 증가하면서 3만 명대에 육박해가고 있어요. 여성 육아휴직자와의 비율 격차를 줄이고 있습니다.”

어떤 변화를 마주하게 되면 그 변화의 흐름에 따라 도미노처럼 달라지는 것들이 있기 마련이다. 그런 의미에서 육아휴직을 한 남성들이 어떤 변화를 느꼈을지 궁금했다.

"많이 변화됐다고 말합니다. 육아휴직을 쓰기 전과 후에 아주 많은 변화가 있는데요. 나밖에 모르던 사람이 아이를 위하는 사람으로 바뀐 사람들도 있고요. 불안했던 가정이 안정됐다고도 합니다. 또 혼자 육아를 하던 아내의 마음도 공감하며 서로 존중하게 되고 그로 인해 아내의 우울감 회복 및 자존감도 높아졌다고 해다. 아이들 역시 불안하던 가정이 안정을 찾으면서 안정적으로 성장할 수 있는 계기가 됐다고 합니다."

하지만 남성의 육아휴직에 대해 여전히 탐탁지 않은 시선을 보내는 경우도 있다. 김기탁 씨는 그 부분에 관해서도 인터뷰를 많이 해봤지만 여전히 차가운 부분이 존재한다는 걸 느꼈다고 했다.

"우선 육아휴직을 내는 것부터 난관이에요. 예전에도 그랬지만 현재도 육아휴직을 '건강에 문제 있는 거야? 가정에 문제 있는 거야?' 식으로 당연히 써야 할 권리를 꼭 문제가 있어야만 써야 한다는 인식이 현실이에요. 특히 남성들이 많이 모여 있는 회사나 군대 같은 경우에는 더 심하고요. 실제로도 건강이 악화되거나 부부간 갈등이 심화돼 육아휴직을 허락해준 사례들도 생겨나고 있습니다.

또 육아휴직 중임에도 복귀는 언제 하는지 등의 압박과 복직 시 차별 대우나 진급에 영향은 없을까 하는 심리적인 압박도 있어요.”

그런 불합리한 사회적 시선들로 인해 정부나 기업이 적극적으로 나서서 분기별 육아휴직 제도 개선 및 소통 가능한 전담 창구를 만들어달라는 목소리가 높아지고 있다. 예를 들어 아내의 임신과 동시에 휴직 프로젝트를 진행하거나 휴직 중 인재 확보를 위한 개인 성장 지원, 마음 건강 프로젝트 등을 요구하는 것이다. 눈치 보지 않고 당당하게 누리는 사회적 복지로 자리매김하도록 조금씩 변화의 발걸음을 떼는 이들이 늘어나고 있는 것이다. 하지만 대기업과 달리 중소기업은 여건이 어려워 여러 면에서 어려운 경우가 많다고 했다.

“대기업, 공공 기관들도 특수 보직이나 특수 부서에 따라 육아휴직을 사용하기 어려운 것은 마찬가지인데요. 중소기업이나 소규모 기업들의 경우 대기업의 절반 수준으로 육아휴직을 사용하기 어려운 게 사실입니다. 하지만 중소기업의 남성 육아휴직 사용자들이 2015년에 비해 50퍼센트 이상 증가한 것은 굉장히 좋은 현상입니다. 사실 이런 문제들의 원인은 정부 지원과 사회적 시선 또는 조직 문화를 꼽을 수 있는데요. 그중 대체 인력 문제와 개인의 경력과 관련된 부분들도 있어 다른 시각에서는 의무화하자는 이야기도 나오고 있습니다. 그래서 많은 정치인들이 육아휴직에 대한 대책 마련 목소리를 높이는 같아요."

변화, 할 수 있을까?

2022년 '3+3 부모육아휴직제'가 새로 시행됐다. 자녀 생후 12개월 내 부모가 동시에 또는 순차적으로 육아휴직을 사용할 시 첫 3개월에 대해 부모 각각의 육아휴직 급여를 상향해서 지급하는 것이다. 이런 제도들이 실질적으로 도움이 될까?

"국민들을 위해 연구하고 고심한 정책이기에 도움이 되지 않는 정책들은 없다고 생각합니다. 다만 환경적으로 사람마다 차이가 있듯이 누군가에게는 큰 도움이 될 것이고 누군가에게는 그림의 떡이 될 수도 있을 텐데요. 이런 제도와 정책들이 그런 사람들에게까지 전달될 수 있게 법을 개정하거나 기업을 지원하는 정부의 지속적인 역할이 필요합니다. 정부만의 정책이 아닌 기업과 협업한 정책이라면 이용하는 근로자와 국민들 모두에게 큰 도움이 될 거라고 봅니다."

그래도 아빠 육아 개선 활동가로서 여전히 이런 부분은 갈 길이 멀다 싶은 것도 있을 것이다. 김기탁 씨는 크게 2가지 방향의 개선점을 꼽았다.

"첫 번째로는 잘 이행될 수 있게 정부와 기업이 협업했으면 좋겠어요. 시민들의 사회적 인식과 회사 구성원들의 조직 문화 개선을 위해 마음과 마음이 나누는 캠페인이나 챌린지 등을 기획하는 거죠. 이런 것들을 통해 당연히 해야 하는 육아휴직 제도에 대해 이미지 브랜딩이 필요하다고 생각합니다. 두 번째로는 육아휴직자가 충분히 휴식을 누릴 수 있게 대체 인력 제도 및 휴직 중 자기 계발을 할 수 있으면 좋겠어요. 회사를 위한 자기 계발이 될 수도 있겠죠. 그래서 정부와 기업이 함께 지원하는 인재 확보 교육 제도도 필요하다고 생각합니다."

한마디로 육아 문화 정착이 우리 사회에 수월하게 정착될 수 있도록 정부와 기업 차원에서 긍정적인 마인드를 심어주는 역할이 필요하다는 것이다. 그렇다면 김기탁 씨는 개별적인 사회 인식 개선에 대해서는 어떻게 생각할까? 인간의 DNA를 바꾸는 작업인데, 결코 쉬운 일이 아니기 때문이다.

"아무래도 조직 문화 특성상 CEO가 분위기를 만들어도 구성원들이 함께하지 않으면 바람직한 육아휴직 문화를 조성하기가 어려워요. 근데 누구나 알고 있잖아요. 아이는 보호의 대상이라는 것을요. 하지만 내 아이가 아니라는 이유에서 공감이 잘 되지 않는 게 현실입니다."

김기탁 씨의 말대로 아이는 우리가 함께 보호해야 하는 대상이다. 개인과 사회, 더불어 정부가 다 같이 노력해야 함은 물론이고 그중에서도 특히 개개인의 노력이 가장 중요할 것이다.

"나 스스로가 변해야 한다고 생각합니다. 나의 배려로 아이가 보호받는 환경에서 자랄 수 있다는 생각의 전환이 필요해요. 아이가 없더라도, 내 아이는 이미 다 컸더라도, 언젠가 누군가는 결혼을 하고 아이를 낳거나 혹은 내 자녀가 결혼해서 아이를 낳아 그런 환경에 처할 수 있으니까요. 사람들은 내가 경험하지 않거나 내가 당해보지 않는 일에는 관심을 가지려고 하지 않습니다. 하지만 내가 그 상황이 되면 굉장히 절실해지죠. 뉴스나 이슈에 대한 안타까운 사연이나 따뜻한 이야기에는 공감하며 관심을 가지지만 정작 내 바로 옆의 이웃에게는 공감하지 못할 때가 많습니다. 그런 의미에서 우리 이웃과 기업의 육아휴직에 대한 따뜻한 이야기들이 많이 들리면 사람들의 인식 변화에 큰 도움이 될 것 같습니다."

예전에 런던스쿨London School of Economics & Social Science에서 브라이언 에이블 스미스Brian Abel Smith 교수의 강의를 듣다가 인상 깊은 말을 들은 적이 있다. "아이들은 우리에게 미래의 납세자라는 중요한 의미가 있다." 김기탁 씨 역시 좋아하는 말이 있는데, 이 말과 일맥상통했다. 그는 한 아이를 키우기 위해서는 온 마을이 움직여야 한다는 아프리카 속담을 예로 들면서 우리 또한 누군가의 아들이고 딸이며 어머니이자 아버지라는 말을 강조했다. 가정의 행복이 곧 사회의 행복이고 사회의 행복이 곧 가정의 행복이듯이 일단 나부터가 아이와 육아 문화를 존중하는 사회의 구성원이 되길 간절히 바란다고 했다. 결국은 우리의 인식 변화가 첫걸음이라는 것이다. 인식 변화, 참으로 험난한 DNA 개조 작업이 아닐 수 없다. 하지만 기어코 가야 할 길임은 틀림없다. 어렵다고 해서 손 놓고 있을 수만은 없다는 걸 기억하고 차근차근 변화의 흐름에 발을 들여놓았으면 한다.

14

환자들과 하루를 더 사는 게
행복해서 시작한 일

"간호사라서 매일이 행복해요.

간호사 하길 참 잘했어요."

송상아(간호사)

메멘토 모리

로마제국이 번성했던 시절 전투에서 승리를 거둔 영웅들이 개선 행진 때 노예를 시켜 이런 말을 외치게 했다. "메멘토 모리Memento Mori!" 이는 '죽음을 기억하라! 네가 반드시 죽는다는 것을 기억하라!'라는 의미의 라틴어다. 한마디로 전쟁의 승리에 심취해 너무 우쭐대지 말라는 말이다. 오늘은 개선장군일지 몰라도 내일은 어떻게 될지 모르는 게 인생이기 때문이다. 결국 인생에서 중요한 건 '겸손'이라는 말일 것이다.

　　　　　　　　　　나는 진지함보다 유머를 곁들인 유쾌함을 지향하는 편이지만 종종 죽음과 인생에 대해 진지한 성찰에 빠지곤 한다. 요즘 들어 부쩍 장례식장에 가는 일이 많아졌기 때문이다. 나와 함께 와인 잔을 기울이며 울고 웃었던 이들이 어느 순간 작은 액자 속에 갇힌 모습을 보면 생각이 많아진다. 죽음을 떠올리면 두려움이란 단어가 가장 먼저 떠오르지만 숱한 생각 끝에 이런 결론에 다다랐다. '생生'의 시작과 함께 '사死'의 끝이 있음을 기억하고 하루하루를 의미 있는 것들로 채워가는 게 진정한 삶의 완성이 아닐까? 삶을 깊이 있게 이해하려는 노력이 수반돼야 함은 물론이다. 삶과 죽음의 경계에 있는 대학 병원 혈액종양내과 병동의 송상아 간호사의 이야기를 통해 어떻게 살아가는 것이 옳은 일인지 삶에 대해 진지하게 생각해보는 계기가 될 수 있으면 한다.

내 운명은 간호사

「슬기로운 의사생활」이나 「낭만닥터 김사부」 같은 의학 드라마가 인기를 끄는 이유는 온갖 어려운 의학 용어와 무서운 질병 속에서도 결국은 '사람'이 보이기 때문일 것이다. 삶과 죽음의 경계에서 늘 환자 곁을 지키며 따스한 위로를 건네는 의료진들의 이야기, 송상아 씨를 통해 들어봤다. 일이 힘들고 때로는 지치기도 하지만 간호사라서 매일이 행복하다는 그녀는 언제부터 간호사를 꿈꿨을까?

"사실 처음부터 간호사를 꿈꾸지는 않았어요. 이전에 직장 생활을 하다가 잘 맞지 않아서 이직을 했습니다. 원래는 학창 시절부터 승무원이 꿈이었어요. 외국에서 고등학교를 마치고 한국에 돌아와 항공과에 진학했어요. 운이 좋게도 졸업과 동시에 국내 항공사에서 인턴을 할 기회가 생겼는데, 교육을 받던 중 이 길은 나의 길이 아니구나 하는 생각이 들어서 그만두었습니다."

뭔가를 시작할 때 용기가 필요하듯 그만둘 때 또한 용기가 필요하다. 그런 면에서 송상아 씨는 꽤 용기 있는 사람이라는 생각이 들었다. 그런데 그 많은 직업 중에서 어쩌다가 간호사에 관심을 가지게 됐을까?

"인턴을 그만두고 다시 미국으로 가서 공부를 시작했어요. 근데 3개월 만에 엄마가 백혈병 판정을 받았습니다. 그래서 그 길로 바로 한국으로 돌아와 엄마 옆에서 몇 년간 보호자로 있었어요. 그동안 진로에 대해 많이 고민했던 것 같아요. 그리고 병원에 워낙 많이 가니까 거기서 만난 간호사들의 모습이 인상적이었습니다. 또 엄마의 투병 생활을 옆에서 함께 겪었기 때문에 남들보다 환자와 보호자의 입장을 더 헤아릴 수 있을 것 같아 간호사를 선택했죠."

그렇게 운명처럼 간호사의 길에 들어선 송상아 씨. 막상 간호사가 돼보니 생각한 것보다 훨씬 다른 점들이 많았다고 했다. 한 사람의 의료진이 이 정도까지 한 생명에 관여할 거라고는 생각하지 못했던 것이다.

"그런 부분에 대해 인식이 좀 낮았던 것 같아요. 심장이 멎은 환자 위로 뛰어 올라가 심장마사지를 하고, 온몸에 피를 칠갑하면서 환자를 살리는 건 드라마나 영화에서나 있을 법한 일들이라고 생각했거든요. 막상 제가 경험하고 나니 생각했던 것보다 이 일이 훨씬 더 중요하고 무서운 일이라는 생각이 들었어요. 그래서 저의 무지함이 혹시나 환자의 생명에 해를 끼칠까 싶어 많은 공부와 노력이 필요한 직업임을 깨달았어요."

송상아 씨가 근무하고 있는 혈액종양내과는 어느 병원이든 악명 높은 병동으로 유명하다. 그래서 지원율도 낮은 편이라는데, 송상아 씨는 처음부터 고민하지 않고 지원했다고 한다. 대체 무슨 생각이었을까?

"입사 지원서에 1지망부터 3지망까지 쓰는데, 저는 1지망, 2지망, 3지망 전부 혈액종양내과를 쓸 정도로 이곳에 오고 싶었어요. 대학교 3학년 때부터 실습을 하는데, 실습 전까지만 해도 혈액종양내과 하면 우울하고 침체돼있을 거라고 생각했거든요. 근데 막상 와보니 전혀 그렇지 않았어요. 누구보다도 하루를 소중히 살고 또 제가 가본 어느 곳보다 희망차고 열정적이라는 느낌을 받았습니다. 죽음과 가까이 있어서 굉장히 어두울 것 같지만 매일을 소중히 여기고 감사하게 생각하는 환자들과 함께 살아가고 싶다는 생각이 들었어요. 그래서 혈액종양내과에 오게 됐습니다."

앞으로 나아갈 수 있는 원동력은
결국 사람이다

혈액종양내과는 암 환자들이 거의 주를 이루는 편이다. 여기서 송상아 씨의 주 업무는 암 치료를 위한 항암제를 투여하고 암의 진행에 따른 증상을 조절하는 일이다.

"중증 환자가 많아서 응급 상황이 많은 만큼 기민하게 반응해야 하는 곳이기도 해요. 또한 말기 암 환자들이 많아서 임종을 다루기도 하고요. 실제로 저희 병동에는 많은 환자들이 죽음의 근처에 있기 때문에 치료적 행위뿐만 아니라 정서적 치료도 아주 중요합니다."

죽음의 근처에 있는 환자들을 대면하다 보면 마음이 지치고 힘든 경우가 꽤 있을 것이다. 나와 우리 가족들만 해도 그렇다. 지금으로부터 7년 전쯤 아버지가 돌아가시기 전에 오랫동안 투병 생활을 하셨기에 환자만큼이나 그 주변 사람들의 노고가 얼마나 큰지 알고 있다. 조심스레 그녀에게 병동 생활이 고되지 않는지 물어보니 어떤 환자분이 생각난다고 했다.

"사실 그동안 정말 다양하고 많은 분들의 임종을 맞이했는데요. 19세 소녀부터 100세에 가까운 어르신까지 참 많은 분들이 제 마음

속에 별이 됐습니다. 아직도 그 환자분들의 얼굴을 떠올리면 가슴이 미어지는 느낌이 약간 들어요. 하지만 그분들 덕분에 제 마음이 더욱 반짝반짝 빛나고 또 그렇게 모은 별들을 어두워진 다른 환자들 마음에 다시 띄우고 하면서 힘들기보다는 감사하는 마음을 가지고 있어요."

송상아 씨가 감사하는 마음으로 간호사 일을 지속할 수 있는 원동력은 결국 사람 때문이다. 어느 날 오후 퇴근 준비를 하는데, 병동으로 한 할머니께서 찾아오셨다고 한다. 그분은 임종을 앞두고 호스피스 병동으로 이실하시는 할아버지의 부인이었다. 3년 동안 병동에서 투병 생활을 했던 할아버지는 송상아 씨를 손녀딸처럼 많이 예뻐하셨다.

"병실에 들어갈 때마다 저를 반기며 입에 사과를 넣어주시곤 하셨죠. 주머니에 사탕도 넣어주시고요. 근데 할머니께서 할아버지 대신 고마웠다는 말을 꼭 해야 할 것 같아 저를 찾아와서 인사를 건네시더라고요. 그리고 단팥빵을 하나 건네주셨죠. 그때 정말 수많은 감정이 들면서 처음으로 보호자 앞에서 눈물이 나더라고요. 그때 그 할머니 모습을 아직도 잊을 수가 없어요. 이런 것들이 보람되는 일들이 아니었나 싶습니다."

고맙다는 말을 전하지 못한 채 돌아가신 할아버지 사연을 들으니 뇌경색으로 쓰러진 후 줄곧 투병 생활을 하다 돌아가신 아버지가 자꾸 생각났다. 요양 병원과 요양원을 전전하며 8년 동안 누워만 계셨던 아버지는 끝내 자신의 인생을 제대로 정리하지 못하고 눈을 감으셨다. 당신의 죽음에 대해 잠시라도 준비할 시간이 있었다면 얼마나 좋았을까. 바쁘다는 핑계로 자주 찾아뵙지 못했던 지난날들이 주마등처럼 스쳐갔다. 어차피 지나가버린 일, 지금 남아있는 가족들을 더 사랑하는 것으로 보답해야겠다는 생각이 들었다.

병동이 꼭 어두운 건 아니에요

요즘은 바야흐로 '부캐' 전성시대라고 한다. 나의 '본캐'가 서울시립대학교 교수라면 부캐는 라디오 DJ다. 송상아 씨 역시 본캐인 간호사 외에 또 다른 부캐가 있다. 한 출판사에서 주최한 간호문학 공모전에서 대상을 받으면서 작가의 길에 들어선 것이다.

"처음에는 경험 삼아 한번 도전해보자는 생각으로 공모전에 신청했습니다. 「당신의 마음에 달과 별을 띄울게요」라는 제목의 에세이

출간 제안서를 냈는데요. 감사하게도 제가 대상을 받게 되어 출판의 기회를 얻었습니다."

송상아 씨가 제안한 에세이는 마지막 하루를 보내는 암 환자들과 함께하는 진짜 죽음과 삶의 이야기를 담고 있다. 행복한 간호사가 환자들과 겪은 병원 이야기. 환자들과 지지고 볶는 에피소드를 담았는데, 이것을 글로 풀어내고 싶다고 생각한 계기는 무엇이었을까?

"시중에 나와 있는 간호사가 쓴 책들을 보면 대부분 불행하거나 힘들다는 이야기들이 많더라고요. 암 환자라고 하면 우울하다고 생각하는 사람들이 많은 게 사실이기도 하고요. 근데 실제로 제가 겪은 지난 시간들은 불행하지 않았고 환자들도 우울하지 않았습니다. 그래서 사람들이 간호사는 힘들고 암 환자는 시한부니까 불행하다고 인식하는 게 안타까워 그렇지 않다고 말하고 싶어서 집필을 시작했어요."

스위트박스Sweetbox의 「Life is Cool」이라는 곡에는 이런 가사가 나온다. "The grass is greener on the other side저편의 잔디가 더 푸르다." 내가 가진 것보다 다른 사람의 것이 더 좋아 보인다는 것이다. 앞에서도 언급했지만 누구나 마음은 복잡하고 남의 얼굴은 밝아 보인다. 자기만 불행한 줄 알고 살아가지만 결국 모든 것은 마음이 만들어내는 게 아닐까? 송상아 씨도 병동에서 수많은 환자들을 만나오며 비슷한 생각이 들었을 것이다. 행복과 불행은 한 끗 차이라는 것을 체감했을 것이다.

고되기로 유명한 혈액종양내과 병동의 근무 생활 중에 글을 쓴다는 게 결코 쉽지는 않았을 터다. 대단하다고 말을 건넸더니 틈틈이 글을 써온 게 밑거름이 됐다고 했다.

"사실은 입사 초기부터 병원에서 특별했던 날들을 SNS에 일기 형식으로 기록하거나, 아니면 휴대전화에 간단한 메모로 써두었던 것이 밑거름이 됐어요. 그리고 출판사 대표님이 녹음해서 글로 옮기면 도움이 될 거라고 해서 출퇴근 시간에 생각나는 것들을 녹음했죠. 그리고 퇴근 후 글로 옮기는 작업을 했습니다."

본업으로 바쁜 와중에도 짬을 내 글을 쓸 수 있었던 가장 큰 이유는 글쓰기를 좋아하는 마음 덕분이었다. 실제로 송상아 씨는 어릴 때부터 자기 생각을 글로 풀어내는 걸 좋아했다. 그리고 막연하게 언젠가는 자신의 이름으로 책 한 권을 내고 싶다고 생각한 것이 동기부여가 됐다. 요즘은 현직 판사가 법정 드라마를 집필하거나 현직 간호사가 병원 드라마를 집필하는 등 영역을 확대하는 사람들이 많다. 송상아 씨도 그런 원대한 포부가 있을까?

"네. 저의 영역을 확대하고 싶은 마음이 커요. 현직에 있는 많은 간호사들이 다양한 사회 활동에 참여했으면 하는 바람이 있어요. 세상의 인식을 바꾸는 것은 결국 간호사들이 직접 사회에 나가 어떤 이야기를 들려주느냐에서 시작된다고 생각합니다. 간호사들이 병원에만 갇혀 있지 말고 사회로 나갔으면 하는 바람입니다."

간호사는 3교대를 기본으로 하는 고된 직업이라는 인식이 있는 게 사실이다. 우리나라는 간호사에 대한 이미지나 인식이 선진국에 비해 굉장히 낮은 편이다. 송상아 씨는 어느 정도 맞는 말이긴 하지만 꼭 개선하고 싶다고 했다.

"'간호사는 3D야, 힘들어, 불행해'라고 단정 짓는 단편적인 생각들이 저희를 불행한 사람들로 만드는 것 같아서 그게 좀 안타까워요. 더러는 심부름꾼 정도로 대하거나 그런 요구를 하는 환자들을 보면서 인식 개선이 시급하다고 생각합니다. 그래서 간호사 인식 개선에 관심을 두고 변화를 위해 많은 참여를 하는 중입니다."

현재 간호사들이 차린 다양한 중소기업에서 인식 개선 캠페인이 많이 이뤄지고 있다. 최근 국회에서 간호사에 대한 인식 개선 및 현실태를 주제로 한 포럼이 열렸는데, 송상아 씨는 그곳에 현장 간호사로 참여해 심포지엄을 했다. 현재에 안주하지 않고 끊임없이 움직이는 간호사 송상아 씨의 열정을 보니 그토록 바라는 인식 개선이 머지않아 꼭 이뤄질 거라는 생각이 들었다. 끝으로 힘들기로 유명한 혈액종양내과 지원을 망설이는 후배들에게 어떤 이야기를 해주고 싶은지 물어봤다.

"망설인다는 것 자체가 저희 병동에 매력을 느낀 거거든요. 그래서 왔으면 좋겠어요. 오라고 강력히 추천하고 싶습니다. 단 하루도 허투루 살지 않는 환자들 속에서 흘러가는 이 하루가 얼마나 가치 있는지 체감할 수 있고요. 또 수많은 사례가 있고 환자분의 병들이 다양하고 깊이 있기 때문에 간호사로서 무한한 성장을 할 수 있는 곳입니다. 저는 언제든지 오라고 말하고 싶습니다."

간호사여야만 느낄 수 있는 보람과 행복은 그 어떤 것과도 비교할 수 없을 정도로 크고 값지다는 송상아 씨. SNS에 병원 일기를 종종 올리는데, 그곳에 가장 많이 쓴 말이 "간호사 하길 참 잘했다"라고 했다. 정말 멋지고 특별한 직업이라고 생각한다니 이토록 자신의 직업을 아끼고 사랑하는 사람이 또 있을까 싶어 부러운 생각도 들었다. 현재 종양 전문 대학원에 진학해 종양 전문 간호사 과정을 밟고 있다는데, 그녀의 앞날이 더욱 기대되고 기다려진다. 더 깊이 있고 넓은 마음의 간호사가 되고 싶다는 포부와 함께 반달 웃음을 지어 보이는 송상아 씨의 미소가 지금처럼 쭉 이어지길 바란다.

15

안내견 에티켓,
관심은 갖되 애써서 '무시'해주세요

"안내견을 불쌍하게 보지 않으면

좋겠습니다."

박태진(안내견학교장)

수의사와 안내견

외국의 동물 관련 다큐멘터리에서 '동물교감치유'에 관한 내용을 본 적이 있다. 동물교감치유란 사람과 동물의 교감을 통해 정서적, 인지적, 사회적, 신체적인 문제 예방과 회복의 효과를 얻을 수 있는 활동을 말한다. 원래 영어권 국가에서 시행된 활동인데, 몇 년 전부터 한국에서도 점차 이 활동이 퍼지기 시작했다. 처음에는 '동물매개치유' 또는 '동물매개치료'로 통용돼 불렸는데, '매개'라는 단어가 이해하기 어렵다는 의견이 주를 이루면서 지금의 동물교감치유로 자리 잡았다. 나는 동물이 지닌 치유 가치의 중요성을 누구보다 깊이 공감하는 사람이다. 어린 시절 시골에서 자라 동물과 교감하는 일이 자연스러웠다. '해피'라는 이름의 반려견을 길렀는데,—지금 생각해 보면 사냥개와 치와와를 섞은 잡종이었던 것 같다.—내 생애 최초의 친구였다. 기쁠 때나 슬플 때나 늘 해피와 함께 하면서 위안을 얻었고 참으로 행복했다. 토끼도 길렀던 기억이 있다. 내가 직접 토끼풀을 잔뜩 뜯어와 먹이곤 했었는데, 희한하게도 비가 온 이후로는 꼭 토끼들이 병에 걸려 죽는 경우가 많았다. 지금 같으면 인터넷을 뒤져서 그 이유를 알아냈을 텐데, 그 시절엔 그저 죽어가는 모습을 지켜볼 수밖에 없으니 참으로 안타까웠다. 이렇듯 인간에게 삶의 희로애락을 알려주는 동물, 그중에서도 시각장애인의 눈이 돼주는 안내견에 관한 이야기를 수의사에게 직접 들어봤다. 우리 삶에 깊숙이 들어와 있으나 그만큼은 잘 알지 못했던 안내견에 관한 이야기에 귀를 기울이고 관심의 눈을 키워볼 수 있으면 한다.

안내견학교가 있다는 것,
알고 있나요?

　　시각장애인의 안전한 보행을 돕는 장애인 보조견 '안내견'에 대해 제대로 알고 있는 사람이 얼마나 될까? 우리가 살아가면서 안내견을 언제 어디서 만나게 될지 모르는데도 불구하고 나와 관계없다는 이유로 외면한 채 살아가는 사람이 더 많을 것이다. 수의사이면서 삼성화재 안내견학교 교장을 맡고 있는 박태진 씨가 그런 사람들에게 조금이나마 도움이 되길 바라는 마음으로 많은 정보를 전해줬다. 먼저 그는 어떤 계기로 수의학과에 진학하게 됐을까?

　　"다른 사람들과 비교해 유별나게 동물을 좋아하거나 관심이 많았다고 할 수는 없어요. 고등학교 때 이웃집에서 조그만 강아지를 줬는데, 이 강아지를 돌보며 산책도 시켜주고 먹을 것도 주면서 쭉 길렀죠. 근데 어느 날 갑자기 강아지가 죽었어요. 지금 생각해보면 아마 쥐약을 먹고 죽은 것 같은데, 당시는 너무 충격을 받아서 한참을 울었어요. 아버지께서 보시기에 원체 말도 없고 조용하고 감정 표현도 잘 안 하는 애가 그러고 있으니 걱정이 되면서도 인상이 깊으

셨나 봐요. 그리고 수의학을 한번 전공해보는 게 어떻겠느냐고 하시더군요. 덕분에 수의학과에 진학했는데, 지금 생각해보면 아버지께 감사할 만한 일이 아닌가 싶습니다."

그렇게 수의학과에 진학해 수의사 공부를 시작했고 2002년 삼성화재 안내견학교 수의사로 입사했다. 보통은 동물 병원에 취업하거나 직접 개업하는 경우가 많을 텐데, 어쩌다 안내견학교라는 독특한 집단에 들어가게 된 건지 궁금했다. 특별한 계기가 있었을까?

"제가 대학 다닐 때 지하철로 통학을 했는데, 어느 날 제 맞은편에 안내견과 시각장애인이 탔어요. 그때는 안내견이라는 게 있다는 것을 몰랐고 안내견이 뭘 하는지도 몰랐거든요. 90년대 중반 정도이니까 우리나라의 안내견이 아마 10마리도 안 됐을 때일 겁니다. 그걸 보고 너무나 새로운 느낌을 받은 거죠. 충격이라고 할까요. 이런 게 있구나 하고요. 시각장애인 분한테 말을 걸어보고 싶었는데, 도저히 용기가 안 나더라고요. 한참 고민하고 있는데, 그분이 저보다 한 정거장 먼저 내렸어요. 저도 모르게 쫓아서 같이 내렸죠. 어떻게 걷는지 궁금해서요. 지하철 문이 열리고 플랫폼을 내려서 계단을 올라가고 개찰구를 통과해 바깥으로 나가는데, 그 모습이 너무나 인상적이었어요. 그래서 '아 기회가 주어지면 관련된 일을 해보고 싶다'라고 막연히 생각했죠. 그때 일이 계기가 되어 안내견학교에 들어가게 됐습니다."

수의사 박태진 씨에게 운명적인 이끌림을 선사한 삼성화재 안내
견학교는 보건복지부의 인증을 받은 안내견 양성기관이다. 1994년
첫 번째 안내견을 배출한 이래 체계적인 관리를 통해 매년 10마리
이상의 안내견을 시각장애인에게 무상으로 분양하고 있다. 전 세계
적으로 안내견학교의 숫자가 꽤 많은데, 다수의 학교가 '세계안내견
협회'라고 불리는 IGDF의 정회원으로 가입돼있다고 했다. 삼성화재
안내견학교가 그 협회의 정회원임은 물론이다.

"세계안내견협회라는 곳이 있어요. 안내견의 서비스 표준을 정
하고 각 기관을 감독하는 곳인데, 여기에 가입된 곳은 대한민국에
서 저희가 유일합니다. 90년대 초반 저희 안내견학교가 만들어졌는
데, 당시에는 법도 제도도 없고 아무것도 없었어요. 2000년도에 법
이 만들어지고 보건복지부가 인증하는 작업을 한 이후로 지금의 탄
탄한 안내견학교가 자리 잡게 된 것이죠."

하나의 안내견이 탄생하기까지

삼성화재 안내견학교에서 안내견들은 어떤 식으로 양성되는지 궁금했다. 으레 상상하기로는 개를 번식해 시각장애인을 위한 맞춤형 특별 훈련을 하는 게 아닐까 싶었는데, 박태진 씨가 말하길 훈련이 아니라 교육이라고 표현한다고 했다. 교육해서 분양하는 게 업무의 50퍼센트 정도를 차지하고 나머지 50퍼센트는 시각장애인을 교육하고 그분들이 일상생활을 잘 할 수 있도록 지원하는 것이다.

"좀 더 이해가 편하도록 개 중심으로 설명하면 엄마, 아빠 개는 자원봉사 가정에서 관리가 되고요. 새끼 강아지를 낳으면 안내견학교에서 자랍니다. 8주까지는 엄마와 같이 자라고 8주가 되면 퍼피워커라고 하는 자원봉사 가정에 이 강아지들을 위탁합니다. 그래서 이 자원봉사 가정에서 1년간 강아지들을 키워줘요. 엄마, 아빠와 떨어지게 되는 거죠. 그렇게 키우면서 다양한 사회 경험을 하도록 합니다. 개 인생을 통틀어서 봤을 때 첫 1년이 굉장히 중요하거든요. 성격이 형성되는 시기이기 때문에 이 시기에 어떤 경험을 했느냐, 누구를 만났느냐에 따라 개의 성격이 결정됩니다. 그래서 자원봉사자들이 하는 일은 매일 산책을 나가고, 어느 시기가 되면 지하철도 타고, 택시도 타시고, 쇼핑몰도 가고, 노인과 어린아이같이 다양한 연령대와 계층의 사람들을 가능한 한 많이 만나 그 경험을 축적시켜줌으로써 개들이 잘 자랄 수 있도록 도와줍니다."

그렇게 자원봉사자의 따뜻한 보살핌 아래 자란 개는 1살이 좀 넘어가면 자원봉사자 가정과 이별한다고 한다. 친자식을 시집, 장가보내거나 심지어 군대 보내는 듯한 느낌이 드는 봉사자들도 있다고하니 역시 이별이란 어떤 경우든 참 잔인하다는 생각이 들었다. 그렇게 눈물 젖은 이별을 한 개들은 안내견학교에 들어가게 되고 6개월에서 8개월 정도 교육을 받는다.

"그 과정을 거쳐 비로소 안내견이 됩니다. 그리고 안내견과 함께생활하겠다고 신청한 시각장애인들과 인터뷰를 진행합니다. 그분댁이나 직장으로 가서 그분의 생활, 가족, 건강 상태, 보행 습관 등을 모두 평가하고 적당한 개와 매칭시켜주는 거죠. 개들도 성격이다 다르거든요. 남자나 여자를 좋아하는 경우, 도심지를 좋아하거나 시골을 좋아하는 경우가 있고요. 또 빠르거나 느릴 수 있으므로여러 가지를 감안해 선정하죠."

그렇게 선정된 개들과 시각장애인을 위해 한 달 동안 또 하나의교육이 펼쳐진다. 시각장애인들 중에서는 개를 한 번도 보지 못했거나 만져보지 못한 사람들이 있어서 친해지는 과정이 꼭 필요하기 때문이다. 그래서 처음 2주는 안내견학교에서 숙식하며 개에 대해 배우는 시간을 가진다.

"개를 어떻게 먹이고, 어떻게 비치하고, 어떻게 목욕시키고, 배변한 것까지 스스로 치우도록 하는 거죠. 이 모든 것들을 배우게 됩니다. 그리고 나머지 3~4주는 저희가 그분 댁으로 출장을 가서 아침부터 저녁, 잠들 때까지 집에서는 개를 어떻게 돌보고, 직장은 어떻게 가고, 학교는 어떻게 가는지 1대 1로 교육합니다. 이렇게 한 달을 열심히 교육받아야 안내견과 팀으로 활동할 수 있어요."

안내견을 양성해 시각장애인들과 미팅만 주선하면 끝인 줄 알았는데, 매칭이 끝나고 난 후로도 애프터서비스가 지속된다고 하니 안내견학교의 노고가 얼마나 크고 감사한지 가슴 깊이 느껴진다.

안내견의 생애 돌아보기

열심히 일하던 사람이 언젠가는 은퇴하게 되는 것처럼 언제 어디서나 시각장애인의 눈이 돼주는 안내견 또한 은퇴하는 시기가 있을 것이다.

"보통 8살 안팎의 나이에 은퇴를 하고요. 굉장히 건강할 때 은퇴합니다. 건강에 문제가 있으면 보행이 어렵고 시각장애인도 위험할 수 있기 때문에 8살 때 은퇴를 하죠. 은퇴하면 저희가 데리고 있는 게 아니라 자원봉사자 가정에서 여생을 보냅니다. 은퇴견이 늘 50마리 정도 있게 되는데, 자원봉사자 가정 중에는 퍼피워킹을 했던 가족도 있어요. 어릴 때 만났다가 6~7년을 기다린 거죠. 안내견이 되고 은퇴할 때까지요. 그렇게 다시 만나 노후를 책임져주는 가족도 굉장히 많습니다."

안내견의 존재는 알았지만 안내견의 생애에 대해서는 잘 몰랐기에 박태진 씨의 이야기가 참으로 흥미로웠다. 그런 와중에 마음속 깊이 안타까운 생각도 물밀 듯이 밀려왔다. 종종 뉴스의 사회면을 보면 시각장애인 안내견이 출입을 거부당하는 일을 볼 때가 있기 때문이다. 박태진 씨 또한 일련의 사건들을 접하면서 이런저런 생각이 많았다고 했다.

"요즘도 출입을 거부당하는 경우들이 심심찮게 있습니다. 근데 예전에 비하면 정말 많이 좋아졌죠. 예전에는 안내견이라는 문화가 없었기 때문에 너무 생소했고 거부당하는 일이 많아 저희가 하는 일의 상당 부분이 이런 갈등을 해소하는 데 포커스가 맞춰져 있었습니다. 실제로 초창기 안내견 파트너들 중에는 너무 힘들어서 포기하는 사람들도 많았어요. 지금은 많은 사람들이 안내견을 알아봐서 좋아지긴 했지만 1가지 더 좋아졌으면 하는 게 있어요. 안내견을 양성하고 키우는 건 사회 속에서 이뤄지거든요. 교육을 통해 사회에 대한 적응력을 갖춘 안내견은 어디에든 출입할 수 있습니다. 예를 들어 지하철이나 버스를 타거나 쇼핑몰과 식당도 갈 수 있는데, 이 부분에 대해서는 많은 사람들이 잘 몰라요. 그래서 안내견 출입 거부 같은 사례도 심심찮게 일어나는데요. 그저 안내견과 함께하는 시각장애인이 법적으로 보장받는 최소한의 권리를 가질 수 있도록 시민 여러분들도 많이 알아봐주셨으면 하는 바람입니다."

현재 전국적으로 안내견 숫자는 70여 마리 정도가 된다고 했다. 그렇기에 전 국민이 안내견을 손쉽게 접하기는 어려운 게 사실이다. 박태진 씨는 혹여나 어디선가 만나게 된다면 철저하게 '무시'를 해달라고 한다. 무시라니? 내가 잘못 들은 건가 싶었다.

"무시라는 단어가 좀 부정적인 어감으로 들릴 텐데, 안내견 에티켓을 설명할 때는 가장 좋은 단어라고 생각합니다. 안내견들은 다 사람을 좋아하거든요. 사람을 가리지 않습니다. 그래서 잘 모르는 사람이 와서 부르거나 먹을 걸 주거나 쓰다듬으려고 하면 안내견은 '저 사람이 나랑 놀아주려고 그러나?' 호의적인 마음을 먹게 돼요. 근데 만약 건널목 반대편에서 이러면 개가 집중력을 잃고 위험한 상황을 만들 수 있습니다. 그래서 안내견을 보면 그냥 무시하는 게 가장 좋고요. 눈으로만 예뻐하는 게 가장 좋습니다. 그렇다고 또 많이 쳐다보면 개가 자극받으니까 그냥 곁눈질로 예쁘게 봐주는 게 좋아요."

관심은 가지되 애써 무시해달라는 그 말이 참으로 인상적으로 다가왔다. 그런데 관심을 가지는 사람들 중에는 안타까운 선입견을 가진 이들도 많다고 했다. 이를 테면 안내견이 너무 불쌍하다, 본능을 억제당한 채로 일만 하고 스트레스만 받다가 일찍 죽는다는 생각이다. 혹여나 그런 생각을 가진 사람이 있다면 박태진 씨는 이 말을 꼭 전하고 싶다고 했다.

"본능을 억제한다는 건 굉장히 우문입니다. 동물한테 할 수 있는 질문이 전혀 아닙니다. 동물은 본능대로 행동해요. 지금 이 상황이 나한테 좋고 이득이 되고 도움이 된다면 자연스럽게 행동하는 게 동물입니다. 본능을 억제한다는 질문은 오직 사람한테만 할 수 있는 것 같아요. 사람은 도덕이 있고 지켜야 되는 규정이 있기 때문에 본능을 억제하죠. 때로는 그 본능을 억제하지 못해서 갖가지 문제를 일으키지 않습니까? 그래서 개를 포함한 동물한테 본능을 억제하고 뭔가를 행동한다는 건 잘못된 생각인 것 같고요. 또 많은 사람들이 개가 너무 불쌍하고 자신의 삶을 희생하는 거 아니냐고 해요.

근데 이 희생이라는 단어도 적절치 않은 말이에요. 개의 입장에서 보면 나의 보호자가 눈이 보이든 안 보이든 하등 상관이 없습니다. 안내견한테 '너는 시각장애인을 위해서 태어났으니까 네 삶을 희생하렴' 하면 안내견이 '아! 나는 시각장애인을 위해서 내가 하고 싶은 거, 먹고 싶은 거 안 먹고 이 사람을 위해서 내 삶을 희생할 거야'라고 생각하지 않거든요. 그래서 안내견들한테는 굉장히 자연스러운 일이라고 보면 돼요. 그리고 많은 사람들이 본인이 개를 데리고 밖을 나가면 산책한다고 해요. 근데 시각장애인이 개를 데리고 밖을 나가면 개가 일한다고 해요. 안내견 입장에서는 똑같은 겁니다. 똑같이 이 보호자와 밖에 나가서 산책하고 피드백받는 것이 사랑받는 행동, 행위이거든요. 그래서 안내견을 불쌍하게 보지 않으면 좋겠습니다."

보통 시각장애인이나 안내견 이야기를 할 때 배려에 관한 이야기들을 많이 한다. 하지만 박태진 씨는 배려를 넘어 안내견이라는 문화가 우리 사회에 자연스럽게 자리 잡길 바란다고 했다. 그의 소망처럼 안내견이 더 이상 특수한 존재가 아니라 당연한 존재로 자리 잡을 수 있길 진심으로 바란다. 이번 기회에 이 이야기를 접한 사람들은 안내견에 관심을 갖되 철저하게 무시할 수 있으면 한다.

16

방송 생활 30년째,
멈추지 않고 마이크 앞에 서는 이유

"마음에만 머물면 세상은 변하지 않습니다.

마음에 머문 생각을 표출하세요."

이재용(아나운서)

인정투쟁

학업의 어려움을 토로하며 나를 찾아오는 학생들에게 종종 이런 말을 한다. "너는 왜 공부하니? 누군가에게 인정받기 위해서 하고 있니? 아니면 스스로를 위해서 하고 있니? 어떤 생각이든 진지하게 한번 성찰해봐라. 그 선택이 너의 인생을 결정할 것이다." 우리 인생은 자기 자신이나 타인에게 인정받기 위한 싸움을 뜻하는 '인정투쟁認定鬪爭, Recognition Struggle'의 연속이라고 해도 과언이 아니다. 인정투쟁이란 칸트Immanuel Kant 철학을 계승한 독일의 관념론 철학자 헤겔Georg Wilhelm Friedrich Hegel이 자신의 저서 『정신현상학Phänomenologie des Geistes』에서 정의한 자기의식의 핵심 개념으로, 자기 의식적이며 정신적인 성격을 지닌다. 너무 심하면 문제가 될 수도 있겠지만 지나치지 않을 때는 오히려 긍정적인 심리적 기제가 될 수 있다. 누군가에게 인정받는 일을 통해 자신이 생존할 이유가 충분하다는 걸 확인하고 그로 인해 자신이 가치 있는 존재라는 믿음을 가질 수 있기 때문이다. 그런 의미에서 꾸준한 나눔 활동이야말로 인정투쟁이 자아낼 수 있는 최고의 장점이지 않을까? 어려운 상황에 놓인 힘든 사람들을 자기와 같은 중요한 인격체로 철저히 인정하게 되는 과정도 인정투쟁이 가진 또 하나의 모습이기 때문이다. 10년이 훌쩍 넘는 세월 동안 한국장애인재단의 홍보 대사로 활동하고 있는 이재용 아나운서의 모습 속에서 그 인정투쟁의 단면을 찾아볼 수 있었다. 그의 이야기 속에서 방송인 이재용이 아니라 사람 이재용으로서 어떤 인정투쟁의 역사를 걸어왔는지 확인해보길 바란다.

❖

베테랑 아나운서의 존재감

30년 넘게 방송으로 세상과 소통하고 있는 이재용 씨는 존재만으로도 신뢰감이 느껴지는 베테랑 방송인이다. MBC 간판 아나운서였던 그는 2018년 MBC를 퇴사하고 프리랜서 아나운서로 활발하게 활동 중이다. 나는 강의가 없는 날이면 이른 아침부터 실내 자전거를 타면서 유산소 운동을 하는데, 그때마다 이재용 씨가 진행하는 방송을 보는 것이 루틴으로 자리 잡은 지 오래다. 이재용 씨를 만나서 매일 아침 잘 보고 있다며 인사를 건넸더니 감사하다며 자신의 일상을 전했다.

"늘 하던 아침 방송 정보 프로그램을 여전히 하고 있어요. 오후 5시부터는 경제 방송을 하고요. 그래서 매일 아침과 오후에 생방송을 진행하고 있습니다. 일반 직장인들이 사무실에서 사무를 보듯이 저는 제 방송을 하는 거예요. 제 생활이 됐습니다."

MBC 재직 시절에도 아침 방송에서 자주 볼 수 있었는데, 프리랜서 아나운서가 된 지금도 여전히 아침이 그의 주 무대로 자리 잡았다. 아침 방송을 이토록 오래 하게 될 줄 알았을까? 그에 따른 애로 사항은 없었을지 궁금했다.

"제가 아침잠이 많았는데요. 전에 MBC에서 「생방송 화제집중」이라는 오후 프로그램을 했었어요. 그게 아주 잘 됐는데, 갑자기 아침 방송으로 가게 된 거예요. 일반 직장인들이 발령 나는 것과 같죠. 이 프로그램에서 저 프로그램으로 발령이 나는 건데, 아침을 맡게 된 거죠. 그때부터 줄곧 아침에 계속하고 있네요. 근데 아침 방송은 가을에서 겨울로 들어가면 서글퍼져요. 아침 6시에는 깜깜하고 싸하잖아요. 코끝에 추위가 착 오는데, '이야, 이거 오늘도 아침에 이렇게 나가야 하는구나' 하는 설움이 있어요. 그 외에 다른 계절은 너무 좋아요. 이른 아침부터 꽃향기를 누구보다 가장 먼저 맡을 수 있다는 장점이 있죠."

한겨울에 앙상했던 가지가 봄이 되면 개나리와 진달래로 변하는 모습을 남들보다 훨씬 이르게 맛보며 계절의 아름다움도 맛볼 수 있다는 게 아침 방송 진행의 장점이라니, 마치 음유시인 같았다. YTN 라디오 저녁 프로그램을 진행하고 있는 나로서는 예측이 안 되는 장점이다. 프로그램 시간대를 아침으로 옮기자고 한번 제안해볼까? 그런데 이재용 씨의 경력을 찬찬히 살펴보다가 벌써 30년이 훌쩍 넘었다는 것을 알고 깜짝 놀랐다. 지금까지 꽤 많은 사람들을 만나봤을 텐데, 어떤 분이 가장 기억에 남는지 궁금했다.

"제가 「생방송 화제집중」이나 「아주 특별한 아침」, 「기분 좋은 날」 같은 프로그램을 하면서 인터뷰를 많이 했는데요. 그중에서 우리 전통 시장을 돌면서 사람들 만나 인터뷰하는 게 있었어요. 그때 속초시장에 갔었는데, 어물전에서 생선을 팔던 인민군 할머니가 계셨거든요. 한국전쟁 전에는 속초 쪽이 북한이었잖아요. 그때 인민군이셨어요. 전쟁이 끝나면서 여기 머물게 됐고 그러면서 어물전에서 상인이 됐는데, 아주 입이 거세요. '야, 날래 오라우.' 이런 식으로 말하는 분이었죠. 아주 그 동네 대장님이시더라고요. 그분과 인터뷰할 때 아주 재밌었어요. 오징어순대도 주시고 방석 옆에 신문지로 병 주둥이를 막아놓은 소주가 있었는데, 인터뷰 내내 그걸 권하시던 기억도 나요. 또 다른 한 분은 폐암에 걸린 고추 파는 아저씨였어요. 그분은 서울의 가락시장에서 나무 목각 인형을 만드셨어요. 폐암에 걸렸는데, 이 목각 인형을 만드는 동안은 살아있을 수 있다는 신념이 있었던 거죠. 그래서 계속 그 목각 인형 만드는 일을 멈추지 않았어요. 그분의 인생 이야기를 듣는 게 참 좋았습니다."

삶의 전환기, 위암 수술과 프리 선언

이재용 씨의 이미지는 '아침에 문을 여는

방송인', 늘 밝은 에너지를 주는 사람이라고 할 수 있다. 그런데 2011년 위암 판정을 받으면서 잠시 주춤했던 시절이 있었다. 위 말고 다른 부위로 전이되는 수준은 아니었고 초기에 진단을 받아 다행이긴 했지만 처음 그 소식을 들었을 때는 스스로가 깜짝 놀랐다고 했다.

"직장인들 건강보험 있잖아요. 건강검진을 받는데, 덜컥 '정밀 검사를 한번 해보셔야겠습니다'라고 하는 거예요. 정밀 검사를 해서 위암이라는 판정을 받았고 '나한테 왜 이러지?'라는 생각이 딱 들었어요. 근데 아닐 수도 있다는 생각을 하면서 다른 병원에 가서 한 번 더 검사했더니 진짜더라고요. 2011년에 바로 수술했고요. 조그만 거긴 했는데, 그 위치에 따라서 위를 3분의 2 정도 절제했어요. 의사 선생님이 '다 절제 안 한 것만 해도 다행으로 생각하세요'라고 하시더군요."

다행히 수술 후 10년이 넘는 시간 동안 이제는 어느 정도 안정을 찾아 건강하게 잘 지내고 있다고 했다. 안색이나 표정도 꽤 좋은 편인 그를 보면서 실제로도 건강이 어떤지 물어봤더니 긍정적인 신호를 보내왔다. 예전에는 대식가였는데, 이제는 오히려 소식할 수 있어서 좋다나? 그의 건강 비결은 그토록 긍정적인 마인드에서 오는 게 아닐까 싶었다. 그의 인생에서 삶의 전환기가 된 두 번째 사건은 아마 프리 선언일 것이다. 프리 선언을 해본 입장에서 같은 길을 걷고자 하는 후배들이 조언을 구한다면 어떤 말을 하고 싶은지 물어봤다.

"변화가 있더라고요. 방송의 변화요. 저는 아나운서가 될 때 MBC 라는 회사에 아나운서라는 약간 특이한 직업으로 들어간 거거든요. 직장인이라는 느낌이 있었어요. 방송하는 직장인이요. 근데 지금 아나운서로 들어오는 후배들을 보면 연예인과 비슷한 느낌이에요. 그래서 인기를 얻으면 바로 프리를 선언하고 나가요. 그게 바람직한 건지는 모르겠지만 어쨌든 지금 세상의 흐름이 그러니까요. 직장인으로서 아나운서의 역할보다 프리랜서로서 아나운서의 역할이 더 각광을 받는 시대니까 그런 선택을 하는 것 같은데, 저는 나중에 '인기 아나운서'보다는 '명아나운서'라는 소리를 들었으면 좋겠어요. 배우 같은 경우에도 인기 많은 톱스타도 있지만 우리가 아는 선이 굵은 배우를 보면 '이야, 저 사람 명배우야' 하는 게 있거든요. 저도 사람들에게 '이야, 저 사람은 그래도 명아나운서야' 하고 기억됐으면 하는 바람이 있습니다. 지금 프리 선언을 하는 아나운서 후배들도 '인기 아나운서야'보다는 '명아나운서야'라는 소리를 들을 수 있으면 좋지 않을까 싶어요."

신뢰감 있는 아나운서로 이재용 씨를 손꼽는 사람들이 많은 걸 보면 이미 그는 명아나운서의 대열에 올랐다고 볼 수 있다. 그는 사람들이 그렇게 인식해주는 것만으로도 황송하고 감사하다면서 쑥스러운 태도를 보였다.

"황송한 말씀이고요. 저는 생활 방송인이니까 되도록 과장하지 않고 편안하게 있는 그대로 방송하려고 노력해요. 그래서 그나마 이렇게 오랫동안 현업에 남아서 아나운서 일을 할 수 있는 것 같아요."

한국장애인재단과의 인연

이재용 씨는 2015년 한국장애인재단 제3대 이사장으로 취임한 나보다도 훨씬 오래전에 한국장애인재단과 인연을 맺었다. 지난 2009년 한국장애인재단 설립 5주년 비전 선포를 할 때부터 홍보 대사로 활동한 것이다. 이후 장애인 인식 개선 캠페인 녹음에 참여하거나 공모전 시상식이 있으면 사회를 보는 등 자기 능력을 충분히 발휘해 나눔을 이어가고 있다. 그는 어떤 마음으로 꾸준히 활동에 동참했을까?

"다른 것보다도 저 스스로가 일하면서 보람을 느낍니다. 제가 만족할 수 있어야지 일을 하니까요. 근데 재단 분들이 참 좋으세요. 그래서 그분들과 어울리는 것도 좋아요. 또 제가 공모전 시상식을 주로 했잖아요? 공모전에 참여하는 분들, 상을 받는 분들, 그 가족 분들을 보면 정말 진심이에요. 이런 활동에 진심이 느껴지니까 제가 가서 봉사한다는 느낌보다 그분들한테 에너지를 받고 오는 경우가 더 많아요. 그래서 제가 더 좋습니다."

나눔 활동을 통해 오히려 에너지를 받는다는 이재용 씨의 말은 '헬퍼스 하이Helper's High'를 떠올리게 한다. 헬퍼스 하이는 남에게 도움이 되는 일을 하고 나면 기분이 좋아지면서 뿌듯함을 느끼게 됨을 뜻하는 정신의학적 용어다. 실제로 다수의 의학적인 분석을 통해 나눔 활동이 엔도르핀을 증가시키는 등 건강에 도움을 주기도 한다는 것이 밝혀진 바 있다. 이재용 씨는 확실히 에너지를 받게 된다면서 다시 한번 힘을 주어 말했다.

"에너지가 있어요. 아마 많은 사람들이 봉사 활동을 할 텐데, 봉사를 받는 사람들도 즐겁겠지만 봉사를 하는 사람들은 아마 2배, 3배로 기쁠 거예요. 자기가 이렇게 봉사할 수 있다는 기쁨, 그리고 기뻐하는 상대방의 모습을 보면서 오는 성취감 같은 것도 있고요. 그런 에너지를 서로 주고받는다는 의미에서 한쪽만의 봉사라고 생각하지 않습니다."

그렇게 10년 넘게 꾸준히 좋은 활동을 이어가고 있는데, 그 과정에서 여러 가지 느낀 바가 많을 것 같았다. 지난 나눔의 시간들을 반추해보면서 어떤 생각들이 자리 잡았을까?

"진짜 열심히 진심으로 하는 게 정말 고맙고요. 저도 그 일원이 됐다는 게 아주 뿌듯합니다. 그리고 장애인 인식 개선 활동을 꾸준히 하는데, 무엇보다 우리 사회의 구성원들이 장애인에 대한 인식을 좀 더 포괄적으로 가지면 좋겠어요. '내가 돕는다'가 아니고 더불어 사는 세상의 구성원으로요. 그렇게 인정하는 게 필요한데, 지난 10년 동안 이 활동을 하면서 보니 많이 개선되긴 했어요. 그럼에도 우리 바로 옆에 살고 있는데도 잘 못 느끼는 사람들도 많고요. 거리감이 생기는 부분도 있어서 실질적으로 마음속에 인식하지 못하는 사람들도 있는데, 이 생각만 하면 될 것 같아요. '우리와 같이 일상생활을 하는 더불어 사는 사람들이다.' 이런 생각이요."

그의 진정성 있는 이야기들을 듣다 보니 마치 장애인 당사자의 대변인 같다는 생각마저 들었다. 많은 분들에게 지속해서 힘을 실어주기 위해서는 힘이 닿는 대로 계속 방송을 할 수 있으면 좋겠다고 말하는 이재용 씨의 속내를 들으면서 '그래, 이런 사람이 진짜 명 아나운서지!'라는 생각이 절로 들었다. 끝으로 이 이야기를 접하는 사람들을 위해 따뜻한 메시지를 전했는데, 그 말이 사람들에게 깊은 울림으로 오래도록 자리 잡을 수 있길 바란다.

"많은 사람들이 장애인 인식 개선에 관한 생각은 다 있을 거예요. 근데 마음에만 머물면 세상은 변하지 않습니다. 마음에 머문 이 생각을 어떤 기회에 표출해서 우리 사회가 점점 좋은 방향으로 변해 갈 수 있는, 그런 사회가 되도록 함께했으면 하는 바람입니다."

이는 하나의 자아와 무수한 타자로 구성된 우리 사회에서 타자를 자아화시키는 인정투쟁에서 승리한 이재용 씨가 세상을 향해 외치는 일갈이다.

17

대한민국 피아노 공연을
조율하는 사람

"피아노 조율사는 기술자가 아니고

예술자라고 자부합니다."

이종열(피아노 조율사)

1만 시간의 법칙

한때 "1만 시간의 법칙 The 10,000 Hours Rule"이라는 말이 유행처럼 번진 적이 있었다. 심리학자 앤더스 에릭슨 Anders Ericsson이 개념화시킨 것으로, 어떤 분야에서 전문가로 거듭나기 위해서는 최소 1만 시간 정도의 훈련과 노력이 필요하다는 법칙이다. 1만 시간을 잘게 쪼개면 대략 하루에 3시간, 일주일에 20시간씩 내리 10년 동안 쉬지 않고 꾸준히 연습해야 한다. 이 법칙의 핵심은 바로 '꾸준함'이다. 그런 의미에서 보면 피아노 조율사 이종열 씨는 전문가가 될 수밖에 없는 삶을 살아왔다. 19세 때부터 66년 동안 다른 데 한눈팔지 않고 피아노 조율이라는 외길만 걸어온 그를 직접 만나보니 그의 성공 비결에는 1만 시간의 법칙을 넘어서는 특별한 무언가가 숨어있었다. 누구나 같은 시간을 투자한다고 해서 똑같은 결과를 얻을 수는 없는 법이다. 그만이 가지고 있는 특별함은 무엇일까? 매일 똑같이 굴러가는 평범한 일상들이 모여 결국에는 특별한 삶을 만들어낸다는 것을 이종열 씨의 이야기 속에서 발견할 수 있길 바란다.

운명 같은 조율과의 만남

어느 분야이건 조용히 자신의 책무를 다하는 전문가들이 있다. 예술 분야도 마찬가지인데, 세계적인 피아노 연주자들의 무대 뒤에는 항상 피아노 조율사 이종열 씨의 손길이 숨어있었다. 평생을 피아노만 바라보고 살아와 세상 물정에는 어두운 편이라고 쑥스럽게 자신을 소개하는 모습에서 명장의 겸손함이 느껴졌다. 대한민국 최고의 피아노 조율 장인이 말하는 피아노 조율사란 정확히 무엇을 하는 사람일까?

"아무리 좋은 공연의 피아노 연주라도 조율사를 빼놓고는 불가능하죠. 공연 하루 전 또는 당일 아침 일찍부터 피아노를 손질해 최상의 컨디션을 만들어놓고 리허설 후 이어서 조명이 들어오고 관객들이 들어와 연주가 이뤄지는 과정을 준비해주는 사람입니다."

지금까지 햇수로 66년째 조율사로 일하고 있는 이종열 씨는 다른 직업은 일체 생각해본 적이 없고 오로지 건반만 바라보고 살았다. 피아노 연주자와 달리 스포트라이트를 받지 못하는 직업임에도 불구하고 이종열 씨가 70년 가까이 이 분야에 올인할 수 있었던 조율의 매력은 무엇일까? 그보다 먼저 피아노 조율 자체를 어떻게 시작하게 됐는지 궁금했다. 1960년대까지만 해도 가정에 피아노가 있는 경우가 드물었기 때문이다.

"그렇죠. 처음부터 피아노를 만질 수는 없었어요. 피아노가 있는 집은 부잣집인 경우가 많았으니까요. 그 시절 교회에서 풍금을 만났습니다. 지금은 오르간이라고 하지만 그때는 풍금이라고 했죠. 할아버지가 유교 사상이 철저한 분이라 엄청 무서웠는데, 몰래 교회를 다니며 풍금을 독학했어요. 요즘처럼 교습소가 없었으니까요. 교본을 사서 1쪽부터 독학하다 막히는 것이 있으면 음악 통론에서 찾아 공부했어요. 그렇게 연습해서 책 한 권을 뗐더니 손가락이 제법 돌아가더군요."

그렇게 운명처럼 풍금과 만나게 된 이종열 씨는 풍금을 오롯이 본인 것으로 만들기 위해 찬송가 연습의 반주자가 됐다. 그러면서 화음에 대한 귀가 열리고 더 잘하고 싶다는 욕심이 생겨 오늘날의 조율 장인이 탄생할 수 있었다. 그렇게 조율과 연을 맺게 된 이종열 씨가 본격적으로 피아노 조율을 업으로 삼기 시작한 것은 '수도' 피아노사에 입사하면서부터다. 수도 피아노사는 1960년대 국내 최대 규모의 악기 제조 업체였다. 지금은 자취를 감췄지만 당시만 해도 피아노와 기타를 대규모로 생산해 국내뿐만 아니라 해외에도 수출하면서 눈에 띄는 성장을 보여준 회사였다.

"군대를 제대한 후 풍금 수리하는 가게에 입사해 풍금을 조율하고 수리하는 일을 도왔는데, 재미가 없더라고요. 서울로 와서 수도 피아노사 공장에 취직했죠. 하루에 8대씩 피아노가 생산됐는데요. 그걸 조율해서 출고시키는 일을 담당했습니다. 거기서 2년 반 정도 일하다 삼익 피아노사로 옮겨 영업부에서 3년 정도 일했죠."

그렇게 피아노 회사에서 정신없이 일하며 새로운 기회를 엿보고 있던 그에게 세종문화회관에서 기분 좋은 스카우트 제안을 해왔다. 1970년대 피아니스트들이 지방으로 순회공연을 다니기 시작했는데, 그때 함께할 것을 제안받은 것이다.

"하루 먼저 가서 피아노를 만져놓고 확인받은 후 다음 도시로 가는 식이었어요. 그때부터 공연장 일을 많이 했습니다."

교회의 풍금 연주자로 시작해 피아노 회사 일을 두루 섭렵하고 공연 무대까지 장악하게 된 그는 지금도 불러주는 곳이 있으면 어디든 달려간다고 했다. 작게는 가정집에서부터 크게는 공연장까지 모두 이종열 씨의 무대인 것이다. 그렇다면 가정집에 있는 피아노와 공연장에 있는 피아노는 스케일부터 다르기 때문에 조율 방법에도 차이가 있지 않을까?

"가정집은 이웃집에 방해되니 가급적이면 소리를 작게 해달라는 주문이 많은 편이에요. 요즘은 차음, 방음을 해서 피아노 연습실을 만드니까 조금 덜하지만 옛날에는 그런 게 없었기 때문에 시끄럽다는 이유로 이웃집과 많이 다퉜어요. 그래서 소리를 줄여주는 일을 많이 했죠. 반면 무대 같은 경우에는 소리가 너무 작으면 뒷자리 관객이 답답해하거든요. 홀마다 어쿠스틱이 달라서 그 홀 어쿠스틱과 피아노 음도 맞춰야 하고요. 그래서 공명을 잘 시켜놔야 연주가 되기 때문에 그런 전문적인 일은 무대에서 꼭 합니다. 가정집은 그렇게까지는 안 하죠."

신비하고 매력적인 조율의 세계

이종열 씨의 이야기를 듣다 보니 조율 자체가 예술의 일환이라는 생각이 들었다. 그렇다면 예술적인 조율의 과정은 어떻게 이뤄질까?

"모든 부분이 다 정상이면 딱 조율만 하죠. 1시간에서 1시간 40분 정도 걸려요. 근데 보통 조율사가 하는 일을 조율이라는 한 단어로 말하는데, 실제로 조율은 음정을 맞추는 것이고 조정은 건반이 잘 움직여서 피아니스트 손가락에 조금도 지장을 주지 않도록 섬세하게 반응하게끔 만들어주는 걸 말해요. 음색, 음량을 조절하는 것을 보이싱, 우리말로는 정음이라고 합니다. 이 3가지 일을 다 하지만 한마디로는 조율사라고 부릅니다. 최종적으로 걸리는 시간은 조율만 하면 1시간 남짓 걸려요. 조정을 꼭 봐야겠다는 생각이 들면 최소 3시간 정도 걸리죠. 그래도 안 되는 피아노가 있어요. 그럼 보이싱까지 해야 하고 그러면 5시간에서 8시간, 아니면 이틀에서 사흘까지 해본 적도 있어요."

이종열 씨가 그렇게 오랫동안 작업에 몰두하는 이유는 스스로가 만족할 만한 결과를 얻기 위해서다. 본인 스스로 만족하지 않으면 끝을 내지 않는 성향 탓인지 그의 손을 거친 피아노는 많은 연주자의 만족을 꼭 얻어냈다. 다른 사람보다도 나 자신을 만족하게 하는 게 먼저라고 말하는 그를 보니 90세까지 조각칼을 놓지 않고 많은 작품을 창조한 이탈리아의 조각가 미켈란젤로Michelangelo Buonarroti에 관한 일화가 생각났다.

그의 손길을 거친 작품 중에서 4년 6개월에 걸쳐 완성한 시스티나 성당 천장 벽화는 백미로 손꼽힌다. 그중에서도 특히 300명 이상의 인물화을 포함한 「천지창조」를 그릴 때 미켈란젤로는 엄청난 고생을 했다. 천장 부분의 그림을 그리면서 눈에 문제가 생겼고 어깨가 오른쪽으로 뒤틀릴 정도로 몸 상태가 안 좋았다. 어느 날 고생스런 그의 작업을 지켜보던 한 친구가 잘 보이지도 않는 천장 구석에 뭘 그리 공을 들이냐고 물어봤다. 그때 미켈란젤로가 한 대답이 일품이다. "I know. I've been there내가 알고 있다네." 다른 누구도 아닌 나 자신이 가장 잘 알고 있기에 서툴게 대충 그릴 수 없다는 것이다. 미켈란젤로처럼 매사에 최선을 다하는 이종열 씨가 있었기에 대한민국의 조율 업계가 무한 성장을 거둘 수 있었다는 생각이 들었다.

그런데 안타깝게도 피아노 조율을 업으로 삼는 사람들이 점차 줄어들고 있다고 했다. 현재 현역에서 활동하는 사람은 어느 정도 남아있을까?

"1960년대 후반부터 1970년대에는 경제가 좋아져 사람들이 냉장고, TV, 피아노, 자가용 순서로 많이 사들이기 시작했어요. 그때 피아노가 엄청나게 팔리면서 조율하는 사람들이 많이 생겼죠. 피아노 공장에서 양산되거나 학원들도 있었고요. 그래서 당시에는 전국에 2,000명 정도 있었어요. 근데 아쉽게도 그 이후부터 피아노 붐이 하향세를 걸었습니다. 이건 세계적인 추세예요. 피아노를 연주하는 인구가 적어지면서 조율사가 필요 없게 되니까 직업을 전환하는 사람들이 늘었죠. 그래서 지금은 600명 정도 될 거라고 예상합니다. 실제로 활발하게 활동하는 사람들은 300명 정도 된다고 보면 될 것 같아요."

이종열 씨는 2007년 산업자원부 피아노 조율 부문 명장 1호에 선정되면서 대한민국을 대표하는 조율사로 자리 잡았다. 명장 1호 타이틀을 받은 순간 기분은 좋았지만 한편으로는 후배들한테 좋은 모습을 보여줘야 한다는 책임감이 무겁게 느껴졌다. 때때로 후배들이 조율을 잘하려면 어떻게 해야 하는지 물어보면 이런 대답을 꼭 해준다고 했다.

"물리적인 소리를 잘 듣는 능력을 갖춘 귀가 되도록 훈련을 꾸준히 해야 해요. 그리고 아주 미세한 소리를 감지해낼 수 있는 좋은 귀를 기본적으로 갖춰야 하죠. 다음으로 손으로 공구를 쥐고 이걸 돌려서 내가 원하는 음을 만들어내야 하니까 예민한 손 감각을 타고나야 합니다. 그리고 조율이 완성된 후 연주해볼 수 있으면 더 좋죠. 보통은 남자들이 조율사를 많이 하는데요. 연주를 잘하는 사람이 많지 않아요. 하지만 최근에는 음대 나온 사람들이 조율사에 입문을 많이 한다고 해요."

이종열 씨는 조율 명장으로 거듭나기 위해 고군분투하는 후배들을 볼 때면 조율사에 갓 입문했던 시절이 떠오른다고 했다. 당시 처음 내한 공연을 온 해외 피아니스트 중에는 무례한 질문을 던지는 경우가 꽤 있었다. '국내에 피아노가 몇 대나 있냐?', '피아노 크기가 어떻게 되냐?', '어느 나라 피아노냐?' 등의 질문으로 국내 음악계의 수준을 평가 절하하는 상황을 마주할 때면 무척 씁쓸했다. 그때마다 그는 최고의 조율 실력으로 화답했다. 그 시절에 만났던 사람들 중 좋은 인상을 받았던 사람은 누구였는지 물었더니 2003년에 내한 공연을 왔던 폴란드의 피아니스트 크리스티안 지메르만Krystian Zimerman을 언급했다. 당시 지메르만과 늘 같이 다니던 조율사가 있었는데, 그가 사정이 있어 일본 공연까지만 참석하고 고국으로 돌아가버렸다. 급히 조율사를 구해야 하는 상황이 생긴 것이다.

"지메르만이 청년 시절에 피아노 공장에서 아르바이트를 했다고 하더군요. 그래서 모든 걸 다 할 줄 아는 거예요. 상당히 까다로웠죠. 항상 같이 다니던 조율사가 빠진 상황이라 매우 예민한 상태였어요. 조율을 본인이 할 건가 아니면 나한테 부탁할 건가 싶었는데, 결국 저한테 해달라고 하더군요. 가슴이 콩닥콩닥했죠. 그렇게 조율을 마치고 공연을 했습니다. 마지막 곡이 끝나고 앙코르를 유도하는 관객들의 박수가 이어지는데, 누군가 저를 급히 찾는 거예요. 내 임무는 끝났는데, 뭐가 잘못됐나 싶어 잔뜩 긴장한 채로 갔더니 피아니스트가 악수를 청하면서 'Thank you very much.' 그러고는 객석으로 다시 나가더군요. 아트센터의 튜너 미스터 리가 조율을 잘해줘서 감사하다고 특별히 멘트까지 해줬습니다. 생각지도 않은 사건이 벌어진 거죠."

세계적인 피아니스트의 찬사를 한몸에 받을 정도로 탁월한 실력의 그이지만 조율의 시간은 언제나 긴장의 연속이라고 했다. 피아노는 온도와 습도 등의 작은 변화에도 소리가 달라지고 공연을 앞두고 잔뜩 예민한 상태인 연주자들의 요구 사항을 일일이 맞춰주기란 여간 힘든 일이 아니기 때문이다. 이종열 씨는 그토록 힘든 직업을 가진 사람으로서 대중들에게 꼭 하고 싶은 말이 있었다.

"피아노 조율사를 단순히 피아노를 고쳐주는 아저씨로 보는 사람이 있고 피아노도 잘 칠 거라고 예상하는 사람도 있어요. 근데 피아노 조율사는 기술자가 아니고 예술자라고 자부합니다. 피아노 소리를 아름답게 조각해 연주자에게 내주잖아요. 그 아름다운 소리로 연주를 하면 그것을 들은 청중이 또 감동하고요. 조각이나 그림처럼 어디에 진열되지 않고 공중으로 날아가버리지만 그 소리 자체가 제 작품이라고 생각합니다."

누구든지 이종열 씨처럼 오랫동안 한 분야에서 일한다고 명장의 대열에 들어설 수는 없을 것이다. 꾸준히 한 분야에 몰입하면 전문가의 대열에 들어선다는 1만 시간의 법칙과 더불어 진심으로 일을 즐기는 자부심이 곁들여져야 비로소 진정한 명장이 될 수 있음을 그를 통해 확인할 수 있었다. 자신이 만든 소리 자체가 하나의 예술 작품이라고 생각한다는 이종열 씨의 말처럼 그의 값진 노력은 어떤 것으로도 환산할 수 없을 것이다. 지금도 어디선가 뜨거운 열정으로 도전을 멈추지 않는 각 분야의 명장들에게 무한한 응원과 박수를 보낸다. 당신은 언제 어디서나 빛을 발하는 최고의 아티스트라는 것을 잊지 말길 바란다.

18

음식으로 선한 영향력을 전파하는
그녀의 맛있는 이야기

"노력에는 끝이 없다고 생각하기 때문에
계속 노력하면서 배울 거예요."

김민지(영양사)

머리와 발

조선 영조 임금 때 규장각 교리를 지낸 성대중이 쓴 잡록 『청성잡기』에 나오는 '머리와 발' 이야기는 세상의 모든 것은 다 그만한 가치가 있음을 설파한다. 예컨대 내용은 이렇다. "머리가 발꿈치에게 자신의 높음을 자랑했다. '온몸이 나를 높이고 그대는 몸의 아랫부분이니 그대는 나의 종이 아닌가?' 발꿈치가 말했다. '그대는 하늘을 이고 있고 나는 땅을 밟고 있다. 그대는 오히려 이고 있는 것이 있지만 나는 땅을 밟고 있으면서도 감히 무시하지 않는데, 그대는 어찌 홀로 스스로 높이는가? 온몸이 그대를 높이는 것은 내가 받들어주기 때문인데, 나의 공을 잊고 도리어 나를 천대한단 말인가? 그대가 높은 것을 자랑하는데, 그대 또한 아래에 있을 때가 없겠는가? 이 말을 들은 머리는 아무 말도 하지 못했다." 발 없이 어떻게 영양을 공급할 것이며 머리 없이 어떻게 방향을 잡을 것인가. 아무리 하찮은 미물처럼 보이더라도 세상에 쓸데없는 것은 없다. 그런 의미에서 우리 선조들이 예로부터 낱알 하나 낭비하는 것조차 금기시해왔던 것은 당연한 이치이자 지혜라고 볼 수 있다. 우리 삶을 좌지우지하는 음식에 대한 중요성과 가치를 간과하는 경향이 많은 요즘, 뼛속까지 음식에 진심인 MZ세대 영양사의 이야기를 통해 식문화의 중요성을 진지하게 생각해보면 좋겠다.

먹거리를 두고 너무 장황한 생각까지 이어
졌나 싶어 좀 멋쩍기도 하다. 하지만 세종 대왕도 이런 말을 했다고
하지 않은가. "백성은 나라의 근본이고 식(食)은 백성의 하늘이므로
국가는 농업과 식량에 전심전력해야 한다." '식'이 우리 생에 있어
얼마나 중요한지 몇 번을 강조해도 모자란다고 생각한다. 그렇기에
기꺼이 즐기는 마음으로 '식'에 관한 이야기에 귀를 기울여보길 바
란다.

랍스터 영양사의 탄생

몇 년 전부터 '귀족급식', '명품급식', '황제
급식'이라는 이름으로 스타덤에 오른 영양사가 있다. 그녀의 이름은
김민지. 7년 동안 중·고등학교 급식실 영양사로 근무하며 일반 학교
에서는 좀처럼 보기 힘든 메뉴들을 선보였다. 랍스터 치즈 버터구
이, 캐비아를 올린 샐러드, 민물장어 덮밥, 탄두리 치킨 등을 식단에
추가하면서 학교 급식 식단의 새로운 포문을 열었다.

"지난 2016년부터 SNS를 통해 급식 사진을 올렸는데요. 한 기자
가 식단 사진을 기사화하면서 이슈가 됐어요. 그때부터 쭉 관심을

받으며 결국 '랍스터 영양사'라는 별칭까지 얻었습니다."

　랍스터는 대중적으로 쉽게 접하기 힘든 것이 사실이다. 급식을 먹는 인원수가 학생뿐만 아니라 교직원까지 1,000명이 넘는 숫자였다고 하는데, 금전적으로 부담이 크지는 않았을까 궁금했다.

　"랍스터 같은 메뉴는 식단가 자체가 높아서 매일 제공되는 건 아니었고요. 어쩌다 한 번 제공됐는데, 많은 사람들이 관심을 가져줬어요. 그런 특식이 제공될 때는 학교에서 시설 유지비나 소모품 등의 공과금 등을 지원해주기도 했어요. 여러 부분에서 지원해줬기 때문에 이런 특식이 가능했습니다."

　김민지 영양사가 베테랑이긴 하지만 사실 처음에는 랍스터 조리를 어떻게 해야 할지 막막했다고 한다. 몇 도에 구워야 하는지, 어떻게 조리하면 적절할지 고민이 많았는데, 조리사님들과 사전 조리 테스트를 통해 어떻게 제공하면 좋을지 감을 익히면서 터득했다. 역시 명성에는 그만한 노력이 숨어있었다. 그녀에게 랍스터 만들기 노하우와 후문을 들어봤다.

　"일단 랍스터를 세척한 다음 물에 살짝 데치고요. 오븐에 1차로 구운 다음에 가위로 잘라 치즈를 넣은 후 2차로 구워서 제공했습니다. 과정이 만만치 않다 보니 특식이 나갈 때는 조리사님들이 많이 힘들어했어요. 하지만 학생들이 좋아하니 조리사님들도 내 자식이 먹는다고 생각하며 조리한다고 하더라고요. 특식은 자주 있는 게 아니기 때문에 할 수 있을 때 더 열심히 하자는 생각으로 힘을 내서 조리했습니다."

나는 아이 셋을 키운 전직 학부형으로서 괜히 우려의 마음이 솟기도 했다. 매번 이런 특식이 제공되다 보면 예산이 모자라 다른 날에는 부실한 식단이 되지 않을까 싶은 것이다. 김민지 씨는 이런 질문을 꽤 많이 받았던 건지 내 질문에 곧바로 이런 말을 털어놨다.

"학생들이 먼저 알더라고요. 특식이 제공될 때 그런 질문들을 해요. '쌤! 다음 날에는 우리 시금치 먹는 거 아니에요? 부실해지는 거 아니에요?' 저는 특식이 나갔다고 해서 다음 날 메뉴 차이를 크게 두지 않았어요. 대신 특식이 나간 다음 날에는 수제로 만든 요리를 제공해 단가를 절약하는 방법 등으로 한 달 단가를 맞추며 진행했죠."

부여가 고향인 나는 중학교 때 서울로 유학을 왔다. 할머니 댁에서 삼촌들과 복닥거리며 살았는데, 그 시절 내 도시락을 책임져주셨던 건 오롯이 할머니였다. 당시 할머니께서 도시락 메뉴로 자주 만들어주신 것이 밥과 김치 볶음, 달걀 프라이였다. 맛있는 냄새가 폴폴 나는 양은 도시락을 가슴에 안고 등교했던 기억이 아련하다. 한겨울에는 난로 위에 그 도시락을 올려놨다가 친구들 도시락의 이 반찬, 저 반찬을 다 섞어 넣고 비빔밥을 만들어 먹기도 했다. 이렇듯 학창 시절 친구들과 어울려 먹었던 음식들은 떠올리는 것만으로도 가슴이 이내 뭉클해진다. 김민지 씨의 급식실을 거쳐간 학생들은 어떤 음식을 오래도록 기억할까?

"생일 축하의 날이나 향토 음식 체험의 날, 세계 음식 체험의 날처럼 테마 급식 때 특식이 제공되는 편이에요. 그럴 때는 평상시에 비해 만족도가 더 높은 편입니다. 그런 날에는 랍스터나 스페인 요리, 베트남 요리 등 다양한 메뉴를 제공했죠. 학생들이 평상시에 먹어보지 못한 메뉴라 그런지 반응이 너무 좋았어요. 잔반 없이 잘 먹었던 것 같아요. 매달 생일 축하의 날을 정해놨는데, 그 달에 생일이 있는 학생들을 모두 축하해주는 편이었어요. 미역국이나 잡채, 갈비찜 같은 메뉴를 제공하면서 생일 축하 모자를 쓰고 깜짝 서빙을 하기도 했죠. 그런 이벤트를 하면 학생들이 급식실에 들어올 때 웃으면서 즐겁게 들어와요. 그렇게 즐겁게 식사하길 바라는 마음에서 여러 이벤트를 준비했었죠."

김민지 씨가 그동안 만든 급식 메뉴 사진을 구경해보니 맛깔나 보이는 구성이 일품으로 느껴졌다. 다채로운 아이디어가 어찌나 톡톡 튀던지, 그 비결이 궁금해서 물어보니 그때그때 준비를 해온 덕분이라고 했다.

"평소 음식점에 갔을 때 맛있게 먹었던 메뉴를 기록해놓기도 하고요. 여행을 다니면서 맛있었던 맛집은 주인한테 적극적으로 레시피를 물어보기도 하면서 여러 방면으로 공부했습니다. 직업병이었던 것 같아요."

하지만 늘 좋을 수만은 없는 법. 나름 정성껏 준비했다고 생각했지만 학생들 반응이 의외로 신통치 않은 때도 있었다.

"영양사로 7년을 근무하면서 딱 1가지 메뉴가 기억나는데요. 예전에 「나 혼자 산다」라는 예능 프로그램을 통해 마라샹궈가 유행한 적이 있어요. 학생들에게 다양한 음식을 제공해줘야겠다는 생각에 마라샹궈 소스와 불고기를 같이 볶아서 퓨전 메뉴를 제공했는데요.

마라샹궈 소스가 너무 알싸하고 화한 맛이 강했던 거예요. 90퍼센트가 넘는 학생들이 먹지 못하고 많이 남겼던 메뉴라서 기억에 남네요. 그때 제가 먹어봐도 너무 아리고 알싸한 맛이 강하더라고요. 확실히 학생들이 먹기 힘들었을 것 같아요. 정말 미안했죠."

매사에 열정을 다해서 일하다 보면 분명 지치고 힘든 부분이 생길 수밖에 없다. 그럼에도 불구하고 영양사로 쭉 일할 수 있었던 원동력은 무엇일까?

"많이 지치기도 했죠. 근데 학생들이 맛있게 먹고 즐거워하는 모습을 보니 더 열심히 일하게 되는 동기부여가 되더라고요. 저는 학창 시절 급식실에 대한 추억이 별로 없어요. 학교 밖에 나가서 매점이나 햄버거 가게에서 간단히 식사를 때우곤 했었는데, 우리 학교 학생들의 경우 급식실에서만큼은 즐겁고 행복하게 식사하길 바라는 마음에서 더 열심히 준비했습니다."

음식으로 주고받는 선한 영향력

「집밥 백선생」으로 유명한 백종원 씨의 인

터뷰를 본 적이 있다. 어릴 때부터 맛에 대한 감각이 탁월했고 요리도 곧잘 했다고 했다. 김민지 씨와 이야기를 나누다 보니 그녀 또한 비슷한 인생 스토리가 있었다.

"어릴 때부터 요리하는 걸 좋아해 가족이나 친구들에게 자주 해줬어요. 사랑하는 사람들이 제가 만든 음식을 먹고 좋아하는 모습을 봤을 때 보람차고 행복한 감정을 많이 느꼈습니다. 처음에는 단순히 요리가 좋아서 관련 직업을 찾아보다 영양사란 직업을 알게됐고 영양사가 되기 위한 공부를 하고자 식품 영양학과에 진학했어요."

김민지 씨가 급식실에서 가장 중요시했던 것 중 하나가 소통이다. 특히 조리사님들과 많이 소통하면서 짐을 최대한 덜어줄 수 있는 쪽으로 업무량을 조절했다.

"간혹 조리사님들이 너무 힘들다고 토로할 때가 있어요. 예를 들어 부침개 같은 경우 전판에 일일이 부칠 수도 있지만 오븐에 구울수도 있거든요. 그런 식으로 방법을 바꿨죠. 점심에 특식이 나가면석식에는 손이 조금 덜 가는 메뉴로 구성하기도 했고요."

그런 노력들이 모여서 빛을 발하게 된 계기가 바로 2016년에 수

상한 교육부장관상이다. 학생건강증진 분야 유공자로 선정된 것이다. 김민지 씨는 본인이 잘해서 받았다기보다 전국에 있는 여러 영양사님들을 대표해 받았다고 생각한다며 겸손한 모습을 보였다. 연예인이 아니라 일반인의 신분으로 잇따른 유명세를 치르면서 본의 아니게 불편한 점도 더러 있었을 터다. 어떤 점이 가장 힘들었을까?

"아무래도 많은 분들이 관심을 주는 것에 감사한 마음이 크죠. 한편으로는 상처받는 댓글이나 글들이 있어서 볼 때마다 힘들었던 기억도 있고요. 또 우리 학교가 랍스터 같은 특식이 자주 제공된다는 내용이 기사화됨으로써 전국에 있는 모든 학교와 비교돼 마음이 무겁기도 했습니다. 다른 영양사님들에게 죄송한 마음이 크더라고요. 저희는 교장 선생님께서 급식에 관심이 많으시고 특식이 나갈 때는 지원도 잘 해주셨어요. 외부에서 보기에는 '랍스터를 4,800원에 제공할 수 있는 학교'라고 기사화돼 괜한 오해를 불러일으키기도 했죠. 그러면서 많은 어려움을 겪었던 것 같아요."

중·고등학교 급식실에서 7년을 내리 근무하다 새로운 도전을 위해 퇴사를 했다. 퇴사 당시 아이들과 대면하며 마지막 인사를 나누지 못했던 게 두고두고 마음에 걸렸다.

"제가 퇴사했을 당시 코로나가 한창 심했거든요. 격일 등교라 학생들에게 인사를 못 하고 나와서 마음에 걸렸죠. 어쩔 수 없이 SNS 를 통해 퇴사 소식을 알렸어요. 근데 재학생들이 제 글을 보고 메시 지를 보내주더라고요. 선생님과 헤어지는 건 너무 아쉽지만 새로운 도전을 응원하고 항상 힘내라는 메시지를 보고 감동도 많이 받고 많이 울었습니다. 특히 가장 기억에 남는 학생이 있는데요. 파주중 학교에 1학년으로 입학해 세경고등학교 3학년으로 졸업한 학생이 있어요. 세경고 급식실에 대한 좋은 추억이 있고 선생님을 잊지 못 할 것 같다고 메시지를 보내왔더라고요. 정말 고마웠습니다."

2020년 8월 31일에 퇴사한 그녀는 9월 식단을 미리 작성하고 퇴 사했는데, 퇴사하는 그 순간까지 학생들을 챙기는 데 진심이었다. 학생들이 랍스터나 홍게 1마리 메뉴가 다시 먹고 싶다는 말을 했던 게 생각나 9월 식단에 구성했던 것이다. 뒤늦게 학생들이 맛있게 먹 었다고 말해준 것이 지금까지도 오래도록 기억에 남는다고 했다. 중·고등학교에서 7년을 근무하고 이제는 한 기업의 사원 식당에서 총괄 매니저로 일하고 있는 그녀는 앞으로 어떤 미래를 그리고 있 을까?

"지금과 똑같이 식품 관련 일을 할 거예요. 음식에 관해 더 전문 가가 되기 위한 노력을 하지 않을까 생각합니다. 노력에는 끝이 없 다고 생각하기 때문에 계속 노력하고 공부하면서 배우고 싶어요."

김민지 씨가 천편일률적인 급식 메뉴들 속에서 차별화를 추구하고 선한 영향력을 전파할 수 있었던 비결은 자기 일을 사랑하고 주어진 업무에 최선을 다하며 소통하고 노력한 결과였다. 명품급식으로 이름을 알린 그녀이지만 그녀의 숨은 노력이야말로 진정한 명품이라는 생각이 들었다. 끊임없이 배움의 길을 걷겠다는 그녀의 다음 행보가 벌써 기대된다. 어디선가 굶주린 누군가에게 맛있는 행복을 전해줄 거라고 믿어 의심치 않는다. 그 맛있는 행복이 있은 후에야 머리와 발이 대화라도 하지 않겠는가.

19

베스트셀러
『먼나라 이웃나라』 탄생기

"저에게 있어서 만화가 뭐냐고요?

평생 즐겁게 지내온 놀이터예요."

이원복(교수 겸 만화가)

발효된 만화인생

대한민국 국민이라면 1987년부터 출간된 학습 만화 시리즈 『먼나라 이웃나라』를 모르는 사람이 없을 것이다. 1990년대 후반부터 2000년대 중반까지 대다수 어린이가 이 책을 통해 역사를 공부했다고 해도 과언이 아닐 정도이니 말이다. 출간 이후 1,500만 부 이상 판매, 시리즈 권당 평균 140쇄라는 대기록을 세운 이 책은 3남매인 우리 아이들이 자라는 내내 책장 한편에 꽂혀 있었다. 한번은 큰딸이 만화책에 푹 빠져 있길래 "공부는 안 하고 만화책만 계속 보니?"라고 물었다가 그 책이 『먼나라 이웃나라』인 걸 보고 "잘하고 있네, 계속 봐라"라고 말한 적도 있다. 바로 그 전설적인 베스트셀러 만화 시리즈를 집필한 이원복 씨가 훗날 나에게 더 친숙하게 다가온 계기가 있었는데, 특별한 나눔 활동 덕분이다. 와인에 대한 편견을 없애고 친근한 와인 문화를 조성하고자 '이원복 와인 프로젝트'를 진행하면서 수익금을 사회 공헌 활동을 위한 기금으로 사용하고자 노력한 이원복 씨. 사람들은 와인 전도사로 나선 그를 보고 학습 만화계의 1인자인 사람이 왜 와인 장사까지 하느냐며 불편한 시선을 보내기도 했다. 2007년 와인 입문서 『이원복 교수의 와인의 세계, 세계의 와인』을 출간하긴 했지만 본격적으로 와인을 전면에 내세울 줄은 몰랐다. 하지만 만화와 와인을 통해 결국은 만인이 행복하길 바라는 그의 철학을 알게 된 사람들은 그의 도전에 폭넓은 지지를 보냈다. 나 또한 그와 이야기를 나누다 보니 그의 행복에 관한 철학적인 담론에 한껏 빠져들었다. 그의 인생 이야기에 귀를 기울여보자.

만화와의 운명적인 만남

이원복 씨야말로 교육용 소프트웨어에 오락성을 가미해 게임을 하듯 즐기면서 학습하는 '에듀테인먼트 Edutainment'의 선구자라고 볼 수 있다. 1980년대 초반 「소년한국일보」에 유럽 국가들의 문화와 역사를 다룬 '먼나라 이웃나라'를 연재하면서 이름을 알렸고, 그 만화가 1987년 단행본으로 묶여 나오면서 큰 인기를 끌었다. 그때처럼 지금도 여전히 작업에 매진하고 있다는 이야기를 들으니 역시 레전드는 다르구나 싶은 존경심이 들었다.

"당연히 계속 작업하죠. 체력이 있을 때까지 책을 만들어야 하니까요. 신문에 발표되기 시작한 것까지 합하면 벌써 60년 정도 그림을 그렸네요."

지금이야 웹툰 산업이 부흥하면서 만화에 대한 인식이 한결 나아졌지만 예전에는 만화를 대하는 사람들의 태도는 지금과 180도 달랐다. 만화를 일종의 서브컬처, 하류 문화로 취급하는 경우가 많았기 때문이다. 그럼에도 불구하고 이원복 씨는 어떤 계기로 만화의 길에 들어섰을까?

"중학교 때 신문반에서 활동했어요. 취미로 그리던 만화를 학교 신문에 게재하면서 실력을 뽐낼 수 있었죠. 이후 고등학교에 입학하면서 만화 그리기 아르바이트로 처음 돈을 벌기 시작했어요. 「소년한국일보」에서 월터 스콧Walter Scott 소설을 만화로 만든 '아이반호'를 그리는 일을 했는데, 제가 최초로 그린 만화입니다. 원작 만화를 베끼는 단순한 일이었지만 정말 재있었어요."

아르바이트로 만화 업계에 발을 들여놓은 이원복 씨는 특유의 성실함을 인정받아 만화가로 정식 데뷔를 했다.

"어린이 신문이란 게 특성이 있습니다. 1일 발행으로 총 4면이었는데, 4면에 각각 만화가 하나씩 들어가요. 근데 신문사 입장에서는 인건비를 줄여야 하는데, 작가한테 작품을 의뢰하면 고료가 들어가니 값싼 고등학생인 저한테 아르바이트를 시킨 거죠. 저한테 시켜보니까 실력이 자꾸 늘었거든요. 가장 기특한 건 마감 시간을 잘 지켰다는 거예요. 가장 중요하죠. 그래서 '너 이거 해봐라, 저거 해봐라' 하면서 제 일거리가 늘어났습니다. 그러다 보니 제 이름을 걸고 나가는 창작도 하게 됐죠. 그게 아마 1968년, 1969년 그쯤일 거예요."

한창 공부해야 할 나이에 만화가로 데뷔한 것에 주변의 걱정이 컸을 것 같았다. 하지만 다행히 그를 만류하는 사람이 없었고 굳건히 믿어줬기에 큰 걱정 없이 그림을 그릴 수 있었다.

"제가 7남매인데요. 46년생이니까 4살 때 6.25가 일어났어요. 형들은 저보다 나이가 많을 것 아닙니까? 6.25 직후에 가정이 완전히 박살 나서 전부 자기 먹고살기 바쁘니까 아무도 막냇동생을 신경쓸 겨를이 없었어요. 오히려 고등학생 때부터 아르바이트를 해서 용돈을 버니까 그게 기특해서 아무 말도 안 한 거죠. 그래서 어떠한 저해나 제지를 받지 않고 자유롭게 활동할 수 있었어요."

먼나라 이웃나라 이야기

이원복 씨를 대표하는 작품『먼나라 이웃나라』, 그 전설의 시작은 1981년이다. 서울대 건축학과를 다니다 1975년 독일로 유학을 떠나 디자인과 미술을 전공했다. 그 시절의 경험이 큰 자양분이 됐다.

"독일에 처음 간 것이 1975년입니다. 그때만 하더라도 우리나라 국민 소득이 1,000불, 2,000불 정도밖에 안 되는 수준이었으니 개발도상국으로서 한창 어려웠던 때 아닙니까? 외국에 나가니까 선진국

형편이 너무 놀라운 거예요. '아, 어떻게 하다 이 사람들은 이렇게 잘 살고 우리는 이토록 어렵고 힘들게 사는가?'라는 생각을 하다 보니 이 사람들이 잘 사는 이유를 한번 찾아보고 싶어서 시작한 게 바로『먼나라 이웃나라』죠."

그렇게 이원복 씨는 고물차를 끌고서 유럽 여행을 다니기 시작했다. 그때만 해도 지금처럼 인터넷이 있던 시절도 아니었기에 방대한 자료를 어떻게 수집하고 다녔을지 궁금했다.

"『먼나라 이웃나라』 1부에 속하는 유럽의 6개 나라는 제가 독일에 있을 때 쓴 거예요. 주로 서적이나 여러 가지 신문에 기초해 썼지만 가장 중요한 건 제가 감히 유럽 6개 나라에 관해 쓸 수 있었던 겁니다. 유럽과 아시아는 다릅니다. 아시아는 각 나라 특징이 전부 달라요. 근데 유럽은 동쪽 끝에서 서쪽 끝, 북쪽 끝에서 남쪽 끝까지 전부 기독교로 통일돼있습니다. 그 말은 기본적인 의식 구조가 같다는 말이에요. 조금씩은 다르지만 그 기본만 해석하면 프랑스, 영국, 독일, 이탈리아 등 해결 코드가 다 나온단 말이죠. 그렇기 때문에 하나의 기본적인 코드의 이해하는 것이 중요했는데, 그때 가장 도움이 됐던 게 맥주집에서 유학생들을 만난 거였어요. 제가 처음 들어간 기숙사에 있던 친구들의 국적이 35개였는데, 그 아이들과 맥주집에서 맥주 하나 놓고 밤새도록 떠든 게 신의 한 수였죠. 거기서 많은 걸 배웠어요."

나 또한 영국 유학 시절을 떠올리면 가장 기억에 많이 남는 게 펍에서 다양한 국적의 친구들과 수다를 떨었던 것이다. 당시 그들과 이야기를 나누면서 내가 얼마나 우물 안 개구리로 살아왔는지 실감하고 많은 걸 깨달았다. 이원복 씨도 그때의 그 생생한 경험을 만화에 그대로 녹여냈기 때문에 많은 사람들이 그의 책에 열광할 수 있었던 게 아닌가 싶다. 『먼나라 이웃나라』라는 제목이 참 탁월한 선택이었다는 생각이 드는데, 그 제목은 어떻게 탄생했을까?

"제가 만화를 연재했던 「소년한국일보」 사장님이고 故 김수남 씨였어요. 시인이자 당시 대한민국에서 시를 가장 많이 암송하는 분이었죠. 문학청년이기도 했고요. 한번은 그분과 포장마차에서 소주를 마시는데, 저한테 그러는 거예요. '외국 나가기 힘든 시대에 너는 유학 생활을 해봤으니 느끼는 게 많을 거 아니냐, 그거 만화로 좀 그려봐라'라고 아이디어를 줬어요. '그거 좋네요. 굉장히 좋은 아이디어인데, 그럼 제목을 뭐라고 할까요?'라고 물으니 0.5초도 안 기다리고 '먼나라 이웃나라, 됐네'라고 하더라고요. 역시 시인이라서 달라요. 그래서 거기서 딱 0.5초 만에 나온 거죠."

제목은 0.5초라는 짧은 시간에 지어졌지만 집필은 40여 년 동안 쭉 이어졌다. 본 책의 원천이 된 YTN 라디오 「이성규의 행복한 쉼표, "잠시만요"」도 박준범 PD와 스텝들이 타이틀을 두고 고민하던 중 누군가가 "잠시만요. 화장실에 좀 다녀올게요" 하면서 '잠시만요'가 탄생했다. 오랫동안 베스트셀러 작가로 사랑받을 거라고 예상했냐는 질문에는 전혀 상상도 못 했다는 답을 했다. 지금까지 오랜 시간 집필을 해오면서 가장 보람을 느꼈을 때는 언제일까?

"우리나라의 한 외교관이 자녀를 데리고 영국에 간 거예요. 어느 날 한 영국 가족에게 초대를 받아서 이야기하다 초등학교 2학년인 한국 아이가 헨리 8세의 6명의 아내에 대한 이야기를 하니까 사람들이 뒤집어졌나 보더라고요. 한국 아이가 그걸 어떻게 아냐고요. 그게 『먼나라 이웃나라』에 나오거든요. 이런 이야길 전해 들으면 아주 흥미로워요. 그리고 또 미국에 갔는데, 초등학교 과정에 미국 대통령 순서 외우기가 있어요. 근데 대부분이 1, 2, 3대밖에 몰라요. 워싱턴 다음에 애덤스 다음에 제퍼슨이라고 하는데, 한국인 초등학생 아이가 10대까지 줄줄 외우니까 거기서 또 놀란 거죠. 그런 것들이 큰 보람입니다."

처음 『먼나라 이웃나라』를 집필했을 때는 소위 '엘리트가 만화를 그리는 것'에 대해 의아한 눈길을 보내는 경우가 더러 있었다고 했다.

"당시 인터뷰를 요청한 곳이 4대 일간지 같은 유명한 곳이 아니라 지하철에서 무료로 나눠주는 무가지를 만드는 곳이었어요. 1시간 정도 인터뷰를 했는데, 다른 건 아무것도 안 묻고 어떻게 교수가 만화를 그리냐, 소위 지성의 상징이고 학문의 전당에 있어야 할 교수가 만화라는 하급 예술도 아닌 것을 하는 게 지나치지 않느냐는 거예요. 그래서 신기하다고 보도가 됐어요. 매스컴 특성상 하나가 보도되면 줄줄이 나오잖아요. 그래서 4대 일간지부터 모든 매스컴과 인터뷰했어요. 그 후로 책이 많이 알려지게 됐죠."

와인을 통해 시작된 나눔 활동

나는 오래전부터 국내 와인계의 저명한 잡지 「와인리뷰」의 자문 위원을 맡고 있다. 나는 식사 분위기에 따라 어떤 와인이 잘 어울리는지 추천하길 좋아했다. 이를 본 지인의 부탁으로 시작한 일인데, 꽤 오랫동안 재밌게 하고 있다. 그만큼 와인에 대한 사랑이 깊은 나는 와인과 함께하는 세월이 늘어날수록 와인이 사람과 꽤 많이 닮았다는 생각을 하게 된다. 잘 발효된 와인은 허투루 나이 먹은 인간보다도 더 향기롭다. 그런 의미에서 이원복 씨는 잘 발효된 만화가이자 역사가이며 나눔가라는 생각이 들었다.

좋아하는 와인을 통해 결국은 나눔의 길로 들어섰으니 말이다.

미생물학의 아버지라 불리는 프랑스의 생물학자 파스퇴르Pasteur Louis가 말하길 1병의 와인에는 세상의 어떤 책보다 많은 철학이 들어있으며 와인이 있는 곳에는 슬픔과 걱정이 날아간다고 했다. 와인의 매력을 잘 아는 사람이라면 이 말에 담긴 의미를 깊이 공감할 것이다.

처음에는 이원복 씨를 역사 만화 그리는 교수로 알았지만 훗날 그가 집필한 『이원복 교수의 와인의 세계, 세계의 와인』 만화책을 보면서 그가 얼마나 와인에 진심인지 알 수 있었다.

"2000년대 초반 우리나라에 와인에 관한 일본 만화가 유행한 적이 있습니다. 작가한테는 미안한 이야기이지만 그 만화는 솔직히 서구 문명에 대한 열등감에 절절히 절어있어요. '내 돈 내고 사 마시면서 왜 그 와인 주인의 조카 이름까지 알아야 해? 내 돈 내고 사 마시면서 내가 와인을 지배해야지, 왜 경배해야 해? 와인 마시면서 맛있으면 되는 거지, 이 와인에서 무슨 냄새가 나는지 왜 분석해야 해?'처럼요. 그래서 그때 와인 주권을 되찾아야겠다고 생각했습니다. 우리나라는 와인에 대한 문화가 없는 독특한 나라예요. 일제에게 식민 지배를 당하면서 와인 문화는 서구 문명이므로 들어오지 않았죠. 2000년대가 되어 우리나라가 좀 살기 시작하니까 그때 와인 문화가 갑자기 쏟아져 들어왔고 와인에 대한 지식이 너무 없다 보니 그런 만화에 의존했던 거죠. 근데 그 만화가 서구에 대한 열등감에 완전히 절어있었기 때문에 그냥 뒀다가는 우리나라가 또 서구의 문화적인 식민지가 되겠다는 생각이 들었어요. 그래서 주인 의식을 갖고 와인을 마시자는 의도에서 만든 게 『이원복 교수의 와인의 세계, 세계의 와인』이라는 책이죠."

그 책을 통해 만화가뿐만 아니라 와인 애호가로서도 널리 알려진 이원복 씨는 와인에 대한 편견을 없애고 친근한 와인 문화를 조성하고자 이원복 와인 프로젝트를 진행하기도 했다. 수익금을 사회 공헌 활동을 위한 기금으로 사용하는 와인을 통한 나눔 문화를 실현하고자 했으나 결론적으로는 처음 계획대로 잘 진행되지는 않았다. 하지만 그 프로젝트를 기점으로 기부와 나눔에 더욱 큰 관심을 기울이게 되면서 '한국국제교류재단'의 문화나눔 대사로 위촉돼 활동하기도 했다. 시작부터 지금까지 장장 60년이 넘는 세월을 만화와 함께 살아온 그에게 만화란 과연 어떤 의미일까?

"쉽게 말하면 저의 전부라고 할 수 있죠. 지금까지 먹고살아온 것도 만화 덕분이고 제가 이런 직업을 가지고 지금까지 열심히 일하게 된 것도 만화이고요. 근데 저한테 만화가 뭐냐고 묻는다면 평생 즐겁게 지내온 놀이터였다고 말하고 싶어요. 놀이는 내가 즐거워서 하는 거니까요. 만화를 즐겁게 그리니까 그건 놀이터죠."

끝으로 본인의 인생이 누군가에게 어떻게 기억되길 바라는지 물었더니 그렇게 큰 욕심은 없다고 했다. 그저 하나밖에 없는 아들에게 부끄럽지 않은 만화를 그리겠다는 목표로 달려오다 보니 지금의 자리에 왔고, 앞으로도 그렇게 살고 싶다는 그의 말에서 깊은 공감의 끄덕임을 했다. 아버지로서 부끄럽지 않은 사람이 되고자 하는 그 마음은 어떤 고비든 다 극복하게 만드니까! 숙성될수록 그 가치가 높아지는 오래된 와인처럼 시간이 흐를수록 더 깊은 향기를 자아내는 이원복 씨의 인생. 만화의 다음 편을 기다리던 애독자의 마음으로 그가 그려낼 삶의 다음 챕터를 기꺼이 즐거운 마음으로 기다려보려 한다.

20

곤충은 분수를 알아서
남의 밥상은 넘보지 않는다

"제 건강이 허락하는 한
곤충을 계속 연구하는 것이 꿈이에요."

정부희(곤충학자)

어린 시절 시골 부여의 한 산골 마을에서 자란 나는 지금도 여전히 푸른 산을 좋아한다. 다리가 불편해서 등산을 즐겨 하지는 못하지만 틈나는 대로 아내와 함께 녹음이 우거진 숲을 천천히 산책하길 좋아한다. 어릴 때 기억 덕분이다. 내가 초등학교를 마칠 때까지 살았던 산골 마을은 집이 총 4가구밖에 없었다. 인적이 드문 산 곳곳은 나의 놀이터이자 주 무대였다. 이름 모를 곤충을 잡아서 벗 삼아 놀던 기억도 생생하다. 마당에 굴러다니는 닭똥을 사탕처럼 주워 먹으면 할머니가 달려와서 혼을 내시던 기억도 떠오른다. 법정스님의 『무소유』에서 "흙을 가까이하면 자연 흙의 덕을 배워 순박하고 겸허해지며 믿고 기다릴 줄을 안다"라는 구절을 읽고 심히 공감했던 기억이 있다. 그때 그 시절의 경험이 나의 성정을 만들었다고 해도 과언이 아니다.

그리니즘

'한국의 파브르'라고 불리는 곤충학자 정부희 우리곤충연구소 소장을 만나고 보니 어린 시절의 기억들이 파노라마처럼 스쳐 지나갔다. 인간과 자연의 공존 속에서 학문적인 성취를 이뤄낸 그녀의 이야기를 들으면 앞으로 우리에게 남은 과제인 '그리니즘   ', 일명 '환경 보호주의'의 중요성을 체감하게 된다. 기왕이면 보다 더 깨끗하고 아름다운 환경을 우리 후손들에게 물려줘야 하지 않겠는가. 곤충학자의 이야기에 흠뻑 심취하다 보면 우리가 앞으로 나아가야 할 방향에 대한 힌트를 얻게 될지도 모른다.

한국의 파브르를 만나다

그녀와의 만남을 앞두고 자료를 찾다가 이런 글귀를 발견했다. "프랑스에 파브르가 있다면 대한민국에는 정부희가 있다." 전공 분야의 1인자로 자리 잡는 일은 아무나 할 수 없는 일이다. 얼마나 치열하게 곤충학자로 살았기에 그런 별칭이 자리 잡을 수 있었을까? 만나기 전부터 호기심이 일었다.

"저로서는 과분하죠. 파브르는 저보다 100여 년 전에 살았던 사람이에요. 파브르는 프랑스에 사는 곤충을 관찰하고 그 곤충의 이야기를 글로 썼죠. 그렇지만 우리나라에 사는 곤충은 프랑스 곤충과는 달라요. 우리나라 출신의, 한국 국적의 곤충 이야기를 누군가가 풀어놓아야 하지 않을까 해서 그 풀어놓는 과정을 제가 하다 보니 아마 그런 별명이 붙은 것 같습니다."

뭔가를 오래 관찰하다 보면 새로운 사실을 알게 되는 것은 물론이고 몰랐던 삶의 지혜를 얻기도 한다. 정부희 씨는 오랜 시간 곤충을 관찰하며 곤충에 대한 정보를 차곡차곡 쌓아온 건 물론이고 인생의 진리를 배울 수 있었다. 전체 동물의 3분의 2를 차지할 정도로 그 수가 많은 곤충들 중에서 정부희 씨의 주 전공은 몸이 딱딱한 딱정벌레다. 딱정벌레처럼 무섭게 생긴 벌레를 싫어하는 사람들을 많이 봤기에 정부희 씨의 벌레 사랑이 참 신기하게 느껴졌다. 그 부분은 그녀도 인정하는 바였다.

"그렇죠. 구체적으로 이야기하면 징그러워하죠. 저는 곤충에 대한 호불호가 별로 없어요. 그 이유를 가만히 생각해보니 제가 어렸을 때 시골에 살았거든요. 중학교 2학년 때가 돼서야 전기가 들어왔을 정도로 오지에서 살다 보니 곤충과는 거의 이웃 관계였던 것 같아요. 아니면 가족 관계? 그래서 밤에는 곤충들이 호롱불에 날아오기도 하고 마당으로, 들로, 밭으로 나가면 늘 곤충들이 있었어요. 그래서 곤충에 대한 특별한 의미는 없었고 공기 같은 그런 존재였던 것 같습니다."

정부희 씨의 이력을 찬찬히 살펴보니 독특했다. 곤충학자이기에 으레 자연과학이나 이과 출신일 것으로 생각했는데, 전공이 영어교육이었다. 인적이 드문 시골에 살다 보니 선생님의 영향을 많이 받았던 탓이라고 했다. 중학교에 첫 부임해 오신 영어 선생님이 너무 예쁜 나머지 단박에 롤 모델로 자리 잡았다. 그 선생님을 따라 영어 선생님이 되고 싶다는 꿈이 생겼고 그렇게 대학 전공도 자연스레 영어교육과를 선택했다. 그런데 참으로 신기한 것이 학부 시절에 영어 공부를 열심히 했던 것이 곤충학을 깊이 있게 연구하는 데 큰 도움이 됐다.

"결과론적인 이야기일 수도 있는데요. 제가 영어를 공부했던 이유가 결국은 곤충을 연구하기 위한 준비 과정이지 않았을까 생각할 정도로 학부 시절에 공부했던 영어가 곤충을 공부하는 데 아주 큰 도움이 됐어요. 원서를 읽고 논문을 쓰려면 다 영어로 작성해야 했기 때문에 저로서는 대단히 큰 이득을 본 거죠."

그런데 그 많은 곤충 중에서 왜 하필 딱정벌레가 그녀의 주 전공이 됐을까?

"아마추어 시절 야외 활동을 계속하면서 야생화도 보고 곤충들을 많이 관찰했어요. 근데 곤충들 대부분이 어느 지정된 식물에 오는 거예요. 개망초꽃에만 오는 곤충도 있고요. 이런 식으로 지정된 식물에 오는 곤충들을 보니 대부분이 딱정벌레더라고요. 하늘소 종류, 잎벌레 종류, 풍뎅이 종류. 그래서 딱정벌레를 더 연구해봐야겠다는 생각이 많이 들었고요. 무엇보다도 눈에 많이 띄는데, 제가 이 것의 이름을 알 수가 없는 거예요. 여러 책이나 도감, 자료를 찾아봤지만 아마추어가 찾는 일은 그리 수월하지 않았어요. 그런 과정에서 내가 차라리 딱정벌레 종류를 연구하면 어떨까 하는 생각이 들면서 시작하게 된 거죠."

그녀의 멋진 도전 정신

정부희 씨가 참 대단하다고 생각했던 이유 중 하나는 도전 정신이었다. 나는 30대 중반 막내가 태어나기 전 아내와 아이 둘을 데리고 영국으로 유학을 떠난 바 있다. 당시 새로운 목표를 세우고 더 넓은 세상으로 공부하러 떠나는 나를 보고 우려의 시선을 보내는 이들이 많았다. 지금이야 30대 중반의 나이면 한창때라고 생각하지만 지금으로부터 30여 년 전만 해도 그 나이의 새로운 도전은 무모한 도전으로 취급됐다. 그런데 나와 비슷한 연배인 그녀는 40살이 넘어서 남들이 말하는 그 무모한 도전을 시작했다. 결혼하고 아이 둘을 키우다 뒤늦게 생물학 전공 공부를 다시 시작한 것이다. 대체 왜 그런 선택을 했을까?

"저는 늦바람이 났다고 말하기도 하고요. 속된 말로 나에게 곤충 신이 내렸다는 이야기도 스스로 합니다. 운명처럼 곤충이 다가온 거예요. 물론 어느 날 갑자기 다가온 건 아니에요. 영어 교사 일을 포기하고 결혼, 출산, 육아를 하면서 전업주부로 돌아앉았거든요? 그렇게 지내다 보니 너무 답답하더라고요. 그때부터 전국으로 여행을 다녔어요. 흩어진 유적을 찾아서요. 그 과정에서 우연히 야생말도 보고 새도 보고 생태학을 접하게 됐는데, 맨 마지막에 저를 사로잡았던 게 곤충이었어요. 어릴 때 아무 의미 없이 그냥 나의 가족, 공기처럼 대했던 곤충들이 어느 순간 매력덩어리로 변하더라고요. 5밀리미터밖에 안 되는 그 작은 곤충이 더듬이를 막 흔들면서 자신의 갈 길을 가는 걸 보고 다리가 후들거릴 정도였어요. 이렇게 조그만 것이 어쩜 이리 아름다운 동작을 할 수 있을까 하면서 한눈에 반한 거죠."

필이 확 꽂혔다 한들 누구나 유의미한 성과를 거둘 수 있는 건 아니다. 뒤늦게 생소한 분야에 발을 들여놓으면서 예상치 못한 장벽도 분명 많이 마주했을 것이다.

"그렇죠. 첫째는 편견이에요. 학계에 진입하다 보면 여러 가지 극복해야 하는 편견들이 많아요. 지금은 그나마 제가 시작할 때보다는 낫지만 여성에 대한 편견도 있었고요. 어떤 분야에 대한 배타성 같은 것도 있었어요. 그런 상황에서 진입하는 것 자체가 쉽지 않았죠. 나름대로 큰 용기가 필요했어요. 그래도 열심히 최선을 다했는데, 가장 힘든 부분이 있었어요. 나이는 참 극복이 안 되더라고요. 지금 생각해보면 마흔이라는 나이는 굉장히 꽃다운 나이였는데, 그 당시 딸 같던 대학원생들과 함께 공부하는 과정, 그리고 학회에 갔을 때 함께 진행해야 하는 것들이 있지 않습니까? 그런 곳에서 저는 거의 부모뻘이었어요. 그런 상황에서 대학원생들 간의 교류가 어려웠죠."

만학도로서 그녀가 겪었던 고충이 어느 정도는 이해가 갔다. 내가 가르치는 학생들 중에서도 마흔이 훌쩍 넘은 나이에 새로 공부하겠다고 입학하는 사람들이 꽤 있다. 나 또한 뒤늦게 유학을 떠나서 고군분투했던 경험이 있기에 그런 사람들을 보면 괜스레 마음이 쓰이고 배려의 눈길을 더 보내게 되는 것도 사실이다. 하지만 그 또한 편견이었다. 꿈과 열정 앞에서 나이란 숫자에 불과하다는 말을 실감했기 때문이다. 마흔에 새로운 공부를 시작한 그녀 역시 그런 감정의 소용돌이를 겪었다고 했다.

"저희는 특수한 분야다 보니 과목 자체가 굉장히 특이해요. 그래서 교수님을 구하는 게 쉽지 않았죠. 제가 수강 신청을 하면 담당하시는 교수님이 갓 학위를 받고 오신 경우가 많았는데, 저보다 그분들이 다 어린 거예요. 그런 분들 밑에서 공부하는 것 자체가 서로 힘든 부분이 있었죠. 지금 돌이켜보면 아무것도 아닌데, 그땐 괜히 신경이 많이 쓰였어요."

곤충에게 인생을 배우다

미래 식량으로 식용 곤충을 활용할 수 있는 방안을 연구하고 있다는 기사를 본 적 있다. 그뿐만 아니라 건강 기능성 식품이나 곤충 밀키트 같은 것을 출시하는 움직임도 있다. 이쯤 되면 곤충을 더 이상 무서워하거나 박멸의 대상으로만 여기는 시선은 지양해야 하지 않나 싶기도 하다. 곤충을 두고 '익충이다', '해충이다'라고 이야기하는 것은 전적으로 사람의 기준이고 곤충은 그냥 우리들처럼 생명체 그 자체일 것이다. 정부희 씨는 우리가 곤충을 바라보는 편견을 바꾸게 하는 것 중에서 요즘 그나마 괜찮은 아이템이 식용 곤충이라고 했다.

"저는 곤충이 미래의 떠오르는 식량이라고 말해요. 대표적인 예가 예전에는 초가지붕에 굼벵이가 살았잖아요. 근데 그 굼벵이가 약용, 영양 식품으로 쓰이고 있거든요. 요즘은 굼벵이가 돈을 번다고 말할 정도로 농가 소득에 영향을 주기도 합니다. 그리고 배추흰나비 같은 경우 예전에는 배추벌레라고 했어요. 우리 식탁에 오르는 무김치, 배추김치, 이런 것들이 배추흰나비 밥이에요. 얘네들을 없애기 위해 약을 많이 뿌렸죠. 근데 이제는 생각을 전환해 배추흰나비를 굉장히 많이 키워요. 작물로 재배할 수 있는 무나 배추 씨앗 같은 것을 먹여서 많이 키운 후 축제나 결혼식, 큰 행사가 있을 때 이 배추흰나비를 비슷한 시기에 우화시켜 날려 보내는 거예요. 그러면 행사장이 돋보이기도 하고 농가 측에서는 경제적으로 도움이 되니 서로 좋죠. 또 곤충 입장에서 보면 활용할 수 있어서 좋고요."

그녀와 한창 곤충 이야기를 나누다 보니 이솝우화 『개미와 베짱이』가 생각났다. 성실한 개미와 한껏 여유를 부리는 베짱이의 대조를 통해 부지런하게 살자는 교훈을 얻는 것처럼 실제로도 인간이 곤충에게 배울 점이 꽤 있지 않을까?

"곤충은 자기 분수를 너무 잘 알아요. 가만히 들여다보면 자기들이 먹는 밥이 따로 정해져 있어요. 근데 사람은 잡식이라 아무 먹이든지 다 먹거든요. 곤충은 그렇지 않아요. 식물을 먹는 녀석이 있고 육식을 하는 녀석이 있어요. 그다음에 배설물을 먹는 녀석이 있고 시체를 먹는 녀석이 있어요. 식물 중에서도 배추만 먹는 녀석이 있고 토끼풀만 먹는 녀석이 있어요. 이런 식으로 자기들의 먹잇감을 다 따로따로 정해놓고 먹어요. 쉽게 말하면 남의 밥상을 넘보지 않는 거죠. 그걸 저는 지혜롭다고 말해요. 남의 밥그릇은 쳐다보지 않는다, 넘보지 않는다는 점에서 곤충들한테 배울 점이 많다고 생각합니다."

그토록 배울 점이 많은 곤충이 자연환경의 파괴로 인해 곤란을 겪고 있다는 소식이 연거푸 들려온다. 꿀벌의 집단 폐사로 양봉 산업이 큰 피해를 입었다는 소식을 듣고 언젠가 물리학자 아인슈타인Albert Einstein이 했다는 경고가 떠올랐다. "꿀벌이 사라지면 인류가 4년 안에 망할 것이다." 정부희 씨는 일련의 사태에 대해 어떻게 생각할까?

"꼭 4년 안에 멸망하지 않는다 하더라도 숫자가 중요한 게 아니에요. 그 정도로 우리 인류에게, 특히 꿀벌이 사라지면 큰 영향을 준다는 메시지죠. 사실 지구에 사는 꿀벌의 종류는 9종류밖에 되지 않습니다. 그런 꿀벌들이 우리가 먹는 농작물 70퍼센트의 꽃가루받이를 해준대요. 만약 꿀벌들이 지구에서 사라지면 우리는 농산물을 얻을 수 없는 거예요. 사람들이 직접 붓을 가지고 다니면서 꽃가루받이를 해주겠죠. 그렇지만 자연 세계는 참 묘해서 사람이 직접 수분을 하는 것보다 곤충이 수분을 하는 게 훨씬 더 결실률이 높아요. 그래서 아인슈타인도 그런 이야기를 한 것 같아요."

꿀벌이 사라지는 것만큼이나 심각한 일은 100만 종이나 되는 곤충 중에서 많은 수가 사라지고 있다는 것이다. 곤충 1종이나 100종이 오늘 당장 멸종된다 한들 우리 생활에 바로 영향을 주지는 않기에 그 심각성이 체감되지 않는 게 사실이다. 정부희 씨의 말에 따르면 곤충이 멸종한 이후 그 결과는 한참 후, 길게는 몇십 년 후에 나타나는 경우가 많다고 했다. 그렇다고 해서 마냥 넋을 놓고 있을 수만은 없는 일이다. 우리 후손들을 위해 당장 지금부터라도 경각심을 가져야 하지 않을까? 끝으로 정부희 씨에게 곤충학자로서 앞으로의 계획을 물어봤다.

"지금 주력하고 있는 분야가 버섯에 오는 곤충을 연구하는 일이에요. 이쪽 분야의 연구자는 국내에 저밖에 없습니다. 아직 제자도 나오지 않고 있거든요. 그래서 제 건강이 허락하는 한 버섯살이 곤충을 계속 연구하고 정부희 곤충 시리즈를 쭉 이어가는 거예요. 지금 6권인가 7권인가까지 나왔는데, 쭉 이어가 지금 목표는 10권까지 집필하는 거예요."

자연과 가까울수록 병은 멀어지고 자연과 멀수록 병원이 가까워진다는 말도 있지 않은가. 정부희 씨의 말처럼 자연의 주인공인 곤충이 우리 같은 생명체임을 인지하고 함부로 내쫓지 말고 따뜻한 눈으로 바라보길 바란다.